KB034580

—나, 훌륭한 왕이 될 거야.

옛 원칙의 마법기사

The fairy knight lives with old rules

기사는 진실만을 말한다.

A Knight Tells Only the Truth

그 마음에 용기의 불을 밝히어.

Their Bravery Glimmers in Their Hearts

그 검은 약자를 지키고.

Their Swords Defend the Defenseless

그 힘은 선을 지지하며.

Their Power Sustains Virtue

그 분노는— 악을 멸한다.

And Their Anger...Destroys Evil

옛 원칙의 마법기사

The fairy knight lives with old rules

히츠지 타로 지음
토사카 아사기 일러스트
송재희 옮김

The fairy knight lives
with old rules

서장 어느 기사의 최후

그것은 머나먼 옛날이야기—.

광활한 평원에 굴러다니는 수많은 시체. 묘비처럼 꽂힌 무수한 검과 창, 깃발.

그러한 언젠가, 어딘가의 전장 한복판에.

서로에게 기대듯 몸을 맞댄 기사와 왕이 있었다.

“잘했어, 아르슬…… 나의 주군.”

“……시, 시드 경……?”

왕이 쥔 검이 기사의 가슴을 깊이 꿰뚫고 있었다.

하지만 기사는 자신의 목숨을 빼앗은 왕을 만족스럽게 바라보았고— 왕은 자신이 목숨을 빼앗고 만 기사를 울며 바라보고 있었다.

“훗…… 나는…… 신경 쓰지 마.”

기사는 입가에 피를 흘리며 구김살 없이 씩 웃었다.

“나는 너의 기사. 너는 나의 왕이야. 그렇다면 이건 당연한 거지. 당연한 결말이야.”

그리고 기사는 낙조로 붉게 타오르는 전장의 하늘을 올려다보고 말했다.

“후회는 없어. 마구잡이로 산 내 최후로는…… 썩 괜찮지.”

그러자 기사의 몸에서 힘이 빠지며 기우뚱 기울었다.
그 몸을 필사적으로 안고서 왕은 울부짖었다.
"시드! 시드 경! 아아, 맙소사…… 어째서……!"
기사의 몸에서 시시각각 생명이 빠져나갔다.
그걸 막으려는 것처럼 왕은 필사적으로 기사를 껴안았다.
"나를 두고 가지 마……! 나는 어떡하라고……? 너를 잃고…… 나는 앞으로 대체 어떡해야 해……?"
미아처럼 흐느끼는 왕의 머리를 기사는 떨리는 손으로 쓰다듬었다.
"괜찮아. 나의 검과 영혼은 언제나, 너와 함께 있어. 왜냐하면…… 나는…… 너의 기사니까."
"……!"
"설령, 죽음이, 우리의 주종과 우정을 가르려고 해도…… 나는, 영원토록…… 쭉…… 너의……."
기사는 말을 끝맺지 못했다.
축…… 왕의 머리를 쓰다듬던 손이 힘을 잃고 내려왔다.
"……시드 경……?"
어느새 기사는 왕의 품속에서 숨져 있었다.
평온하고 만족스러운 얼굴로…….
"……아아, 시드 경…… 시드……, 시드……!"
그때, 일찍이 기사와 함께 달렸던 빛나는 모험의 나날이 주마등처럼 왕의 뇌리를 스쳤다. 이제는 결코 돌아오지 않을 과거의 영광과 잔재.
어째서 이렇게 되어 버렸을까. 다른 길은 없었을까.
슬퍼서. 괴로워서. 고통스러워서. 흘러넘치는 그런 감정을 토해 내듯…….
"으, 아, 아아아아아아아아아아아아아아아아아아아아아아!"
영혼을 에는 것 같은 왕의 통곡이 노을 진 전장에 한없이 메아리쳤다.

지금으로부터 약 1000년 전.
수많은 왕족과 기사— 고명한 영웅들이 활약했던 찬란한 전설 시대.
그런 좋았던 옛 시절에 시드라는 이름을 가진 기사가 있었다고 한다.
어진 성왕 아르슬 휘하의 기사로, 당대 비길 자가 없는 무쌍의 무용을 가져 무수한 무훈을 올렸다는, 전설 시대 최강의 기사라고 칭송받는 남자.
하지만 그 본성은 무자비하며 잔인무도. 기사도라고는 찾아볼 수 없는 남자로, 서사시나 이야기에서는 반드시 악역으로 나오는 기사였다.
장난삼아 백성을 괴롭히고, 내키는 대로 전장을 달리며, 원하는 대로 사람을 죽인 야만스러운 기사. 악랄한 자.
이름하여—《야만인》 시드 경.

하지만 그런 오만하기 짝이 없는 사악한 기사의 최후는—.

주군, 성왕 아르슬에 의한, 정의의 이름하에 이루어진 주살이었다고 한다.

—시간은 흐르고. 시대는 돌고 돌아.

좋았던 옛 전설 시대는 끝을 고하고.

시간의 흐름에 따라 영웅들은 사라지고, 그 화려한 모험담은 색이 바래어.

이윽고 그들은 이야기 속 존재가 되었고.

그리고—.

제1장 야만인의 전생

—요정력 1446년.

알피드 대륙 중앙에 존재하는 캘바니아 왕국.

성왕 아르슬을 시조로 둔 왕가가 통치하는 그 왕국의 수도, 왕도 캘바니아.

그 북동쪽, 샤르토스 숲 깊은 곳에는 어떤 기사의 묘비가 세워져 있었다.

그리고 오늘 밤, 이 숲에서 새로운 전설이 막을 올린다—.

"……헉! ……헉! ……헉!"

폭풍우가 몰아치는 밤이었다.

거센 비바람이 소용돌이치고, 심해의 바닥 같은 밤하늘을 번개가 갈랐다.

폭풍과 소나기에 농락당해 부러질 듯 흔들리는 나무 사이로 말 한 마리가 달려갔다.

그 말 위에서 한「소년」이 고삐를 쥐고 있었다.

솜털처럼 부드러운 짧은 금발과 맑은 청옥색 눈이 특징적인「소년」이었다.

나이는 열다섯이나 열여섯쯤일까. 매끄러운 백자 같은

피부, 다소 아담하고 가냘픈 몸, 섬세하고 반듯한 용모는 중성적……이라기보다 어딘가 **여성적**이었다.

하지만 연약하다거나 미덥지 못한 느낌은 전혀 주지 않았다. 「소년」에게서 배어 나오는 늠름한 패기와 상대방을 무릎 꿇게 하는 기품은 감출 수 없었다.

화려한 서코트 위에 외투(망토)를 걸쳤고, 허리에는 세검(레이피어) 한 자루.

그 모습은 캘바니아 왕립 요정기사 학교의 학생— 종기사(스콰이어)의 정장이었다.

“나는…… 죽을 수…… 없어……!”

「소년」은 하염없이 말을 채찍질하여 필사적으로 숲속을 달렸다.

“**그**를…… 빨리 **그**를 불러야 해……!”

초조한 마음이 떠올리는 것은 **그**— 어떤 기사의 전설이었다.

이름하여 《야만인》 시드 경.

세상 사람들이 말하는 그는 무자비하며 잔인무도. 기사라고 할 수도 없는 기사.

하지만 「소년」이 어릴 때부터 아버지에게 들은 그의 진정한 모습은—.

“…….”

지금으로부터 아득히 먼 옛날— 약 1000년 전의 전설 시대.

혼돈한 전란으로 난마와 같이 어지러웠던 대륙을 평정하고 마왕의 침략을 막아 세계를 구했다는 전설 시대 최대의 영웅왕— 성왕 아르슬.

그 성왕 아르슬을 시조로 둔 캘바니아 왕가에는 아르슬이 직접 후세에 남겼다는 어떤 말이 전해져 내려오고 있었다.

「나의 아이들아. 빛의 요정신(에클레르)의 가호를 받은 자들아. 경청하라.」

「언젠가 큰 재앙이 너희와 너희의 나라에 닥칠 것이다.」

「하지만 두려워 마라. 너희에게는 너희를 지키는 기사가 있으니.」

「그자는 성스러운 샤르토스 숲 깊은 곳에서 조용히 잠들어 있다.」

「너희에게 재앙이 닥쳤을 때, 진퇴양난에 빠졌을 때.」

「그자의 묘비에 자신의 피를 바치며 그 이름을 불러라.」

「나의 충실한 기사이자 신하. 내 사랑하는 벗의 진정한 이름을 불러라.」

「그자는 옛 맹약에 따라 깨어나 반드시 너희에게 응답할 것이다.」

—「소년」은 퍼뜩 정신을 차리고 고삐를 당겨 말을 세웠다.

앞발을 높이 들고 우는 말을 달래면서 「소년」은 훌쩍 말에서 내렸다.

나무들이 울창하게 우거진 삼림 속에 공간이 뻥 뚫려 있었다. 조금 높직한 언덕이었고, 언덕 꼭대기에 직사각형의 무언가가 꽂혀 있었다.

그때, 마침 밤하늘에 번개가 쳤다.

대기를 진동시키는 굉음과 함께 일순 세계가 하양 일색으로 물들었다.

하지만 그 흰색 극광은 언덕 꼭대기에 서 있는 뭔가에 막혔고, 검은 그림자가 무한히 뻗어 「소년」에게 깊은 음영을 드리웠다.

"……있었어…… 정말로……."

「소년」은 반쯤 넋이 나가서 그 무언가를 향해 언덕을 올라갔다.

그것은 무덤이었다.

유구한 시간을 뛰어넘어 당장에라도 스러질 것 같은 무덤이 언덕 위에 외로이 서 있었다.

하지만 묘비에 새겨진 그 이름은 간신히 읽을 수 있었다.

시드 블리체.

옛 역사 속에서 좋게도 나쁘게도 찬란하게 빛났던 그 전설적인 기사의 이름만큼은—.

"왕가에 전해져 내려오는 시조 아르슬의 말…… 전생부활의 마법……."

「소년」은 허리에 찬 세검을 뽑아 왼손으로 도신을 잡고 그었다.

왼손이 얇게 베이며 피가 났다.

그렇게 피에 젖은 손으로 묘비를 만지며 「소년」은 간청하듯 말했다.

“죄송합니다…… 편안히 잠든 당신을 깨우면 안 된다는 건 알고 있습니다. 그래도…… 지금 저는 당신에게 매달릴 수밖에 없습니다.”

손에서 배어난 피는 비에 씻기면서도 묘비 표면에 스며들듯 흘러내렸다.

“뻔뻔한 이야기라고 생각하지만…… 당신의 힘을 빌려주세요!”

「소년」은 묘비 앞에 무릎 꿇고 고개를 숙인 채 기도를 올렸다.

“기울어 가는 이 나라를 구하기 위해! 부디 제 부름에 응답해 주세요……!”

그리고—.

“시조 아르슬의 계보, 앨빈 노르 캘바니아가 염원하노니!”

「소년」— 앨빈은 그 이름을 외쳤다.

지금은 사라진, 그자를 나타내는 진정한 이명을.

“《섬광의 기사(써 시드 더 블리체)》 시드 경! 긴 잠에서 깨어나 옛 맹약을 완수하소서!”

외침과 동시에—.

세상의 종언을 고하는 것 같은 천둥이 재차 어두운 밤하늘을 갈랐다.

여러 갈래로 갈라져 하늘을 조각내는 장절한 벼락의 포효.

희게 번쩍인 빛이 눈을 태우고 세계를 새하얗게 태웠다.

………….

……잠시 후 빛이 사그라들고.

세계에 다시 어둠의 장막이 내렸을 때…….

"……."

기도를 올리는 앨빈 앞에는 변함없는 묘비만이 있었다.

아무것도 일어나지 않았다. 부름에 응답하는 자는 아무도 없었다.

정적. 그저 호우가 내는 폭음만이 지배하는 시끄러운 정적.

그런 잔혹한 현실을 인식하고서.

"……후, 후후…… 그렇겠지…… 하하, 아하하……."

앨빈은 기도하던 손을 풀고 어깨를 떨궜다.

"결국 구전은 구전일 뿐…… 죽은 사람이 되살아나는 마법 같은 게 있을 리가 없는데……."

앨빈이 묘비에 이마를 대고 힘없이 묘비를 툭 쳤을 때.

후방에서 말굽 소리가 다가오더니 묵직한 뭔가가 쓰러지는 소리가 났다.

"……?!"

앨빈은 벌떡 일어나 뒤돌아보며 몸을 긴장시켰다.

언덕 아래쪽에 앨빈의 말이 가엾게 베여 쓰러져 있었고.

"안녕, 앨빈 왕자님! 아까 보고 또 보네?! 잘 있었어~?"

그리고 검은 갑옷을 입고 어둠의 유령마를 탄 기사 한 명이 그곳에 있었다.

그 기사는 검을 어깨에 걸치고서 비열해 보이는 얼굴을 즐겁게 일그러뜨린 채 서 있었다.

"슬슬 술래잡기는 그만하자고, 왕자님."

"암흑기사……!"

"그래, 오푸스 암흑교단의 지저 님이야. 원한은 없지만, 널 죽일 사람이지!"

남자— 지저는 유령마에서 훌쩍 내리며 장난스럽게 말했다.

오푸스 암흑교단은 어둠의 요정신(오푸스)을 신봉하는 금기된 사교였다.

암흑기사라고 불리는 강력한 전력을 가지고 있으며, 살인, 유괴, 노예 매매, 마약 거래…… 국내에서 일어나는 온갖 범죄를 뒤에서 조종하는 지하 조직이었다.

이날 앨빈은 소수의 수행원을 데리고서 왕도 주변 지역을 시찰하러 나왔다.

그때 갑자기 습격해 온 것이 이 남자— 암흑기사 지저였다.

지저의 압도적인 무력 앞에서 수행원은 순식간에 전멸.

앨빈은 간신히 목숨을 건져 도망칠 수밖에 없었고……
그렇게 도주한 끝에 지금에 이르렀다.

"자, 술래잡기는 끝이야. 슬슬 각오해. 앨빈 왕자."

말투는 가볍지만 지저는 몸이 얼어붙는 압력과 살기를 앨빈에게 보내고 있었다.

"의뢰인은 네 목숨을 원하고 있어. 미안하지만 놓치지 않아. 이런 시대에 왕자로 태어난 본인의 불운함이나 신을 저주하라고."

그렇게 선언하고 나서.

지저는 사냥감을 쫓는 육식 동물 같은 속도로 언덕을 뛰어올라 앨빈에게 육박했다.

그리고 그 기세를 몰아 검을 쳐올렸다.

도망칠 새도 없이 앨빈은 순간적으로 세검을 하단(알버)으로 들었고— 지저와 격돌.

칼날과 칼날이 격렬하게 맞물렸다. 피아의 기량 차이를 생각하면 제때 방어한 것은 기적에 가까웠다.

"—꺄악?!"

그리고 앨빈의 몸은 그 격돌의 충격으로 떠올라서 날아갔다. 가냘픈 몸이 언덕의 반대쪽 경사면에 떨어져 굴러갔다.

"음?"

그런 앨빈을 내려다보며 지저가 뭔가를 눈치챈 듯 고개를 갸우뚱했다.

"너…… 방금 뭔가 **여자** 같은 소리를 냈지……?"

"……큭?!"

앨빈은 즉각 세검을 지팡이 삼아 일어나서 불굴의 눈으로 지저를 올려다보았다.

하지만 지저는 그런 앨빈을 훑는 것 같은 눈으로 빤히 내려다보았다.

비에 젖은 앨빈의 몸에 착 들러붙은 옷과 외투. 어렴풋이 보이는 몸매는 남성치고는 다소—?

"……."

한동안 지저는 앨빈의 몸을 노골적으로 바라보았다.

하지만 이윽고 뭔가를 확신했는지 야비하게 웃으며 말했다.

"아~ 왕자님, 혹시 너, **설마 그런 거야?**"

"무, 무슨 말을…… 하는 거지……?!"

무슨 소리인지 전혀 모르겠다는 듯 앨빈은 외쳤다.

하지만 앨빈의 얼굴에 일순 희미한 동요가 어린 것을 지저는 놓치지 않았다.

"하하하하하! 놀라운데?! 이거 전대미문이네, **왕자님**! 뭐, 나랑은 상관없지만~? 너를 죽이는 건 확정이고 말이지!"

"……?!"

"하지만— 너를 죽이기 전에? **이것저것** 즐길 수 있을 것 같네."

그 순간, 앨빈을 보는 지저의 눈이, 표정이— 변했다.

잔혹한 암살자의 눈에서 극상의 사냥감을 노리는 사냥꾼의 눈으로.

자신을 보며 입맛을 다시는 지저의 모습에 앨빈은 본능적인 공포와 생리적인 혐오를 느꼈다.

"더럽게 시시한 임무인 줄 알았는데 생각지 못한 재미 좀 보겠어! 햐하하하하!"

"……크윽……!"

지금까지 꿋꿋했던 앨빈의 몸이 속수무책으로 떨렸다.

죽음보다도 괴롭고 잔혹하며 굴욕적인 최후가 코앞으로 다가와 있다. —그런 확신과 절망감에 앨빈은 눈앞이 캄캄해졌다.

하지만 그래도…… 포기할 수는 없었다.

"나, 나는……."

떨리는 손으로 세검을 들었다. 공포를 필사적으로 억눌렀다.

그것이 더 깊은 절망과 잔혹한 최후를 가져오더라도.

자신은— 싸워야 했다.

맹세했으니까. 이 나라를 지키겠다고. 바꾸겠다고.

지금은 세상을 떠난 부왕에게—.

"……으, 으, 아아아아아아아아아아아아아아아아!"

자신의 나약한 마음을 질타하듯이, 고무하듯이 외치며.

앨빈은 언덕 위에 있는 남자를 향해 검을 들고 달려갔다.

————.

—아무것도 없었다.

지금까지 그 남자에게는 아무것도 없었다.

뭔가를 느끼는 마음이나 몸도 없었고, 뭔가를 사고하는 의식도 없었다.

무(無). 암(闇). 영(零). 공(空). 백(白). 허(虛).

남자는 그런 개념이 되어 허무 속을 영원히 방황하는 「무언가」였다.

하지만 갑자기 누군가가 이름을 부르면서 남자에게 변화가 생겼다.

—시드—.

그리운 이름을 부르는 소리에 허무의 개념이었던 남자에게 윤곽이 생겨났다.

「나」가 형성되었다.

정신을 차리고 보니—.

"……음? 여긴?"

그 남자— 시드는 기묘한 공간에 서 있었다.

그곳에는 색도 소리도 없었다. 흑백으로 구성된 고요한 세계였다.

캄캄한 하늘. 쏟아지는 폭우. 주위에는 평원이 광활하게 펼쳐졌고, 연속된 구릉이 지평선에 완만한 기복을 만들었다. 땅에는 무수한 기사들의 시체가 포개져 지평선 끝까지 이어져 있었다. 주변 일대에 꽂힌 검과 창과 깃발들은 마치 그들의 묘비 같았다.

이따금 하늘의 틈새로 새어 나오는 번개가 그런 묘비를 어둠 속에서 비추었다.

"……전쟁터……?"

상당히 쓸쓸한 세계라고 생각했다.

살아 있는 자라고는 없는 죽은 세계. 시간이 걸음을 멈춘 정체된 세계.

하지만 이곳이 바로 자신의 세계라고 신기하게도 확신할 수 있는— 그런 세계.

그렇게 파괴된 풍경 속에 단 한 명 예외가 있었다.

"……."

흑백 세계 속에서 색을 가진 한 청년이 시드 앞에 등을 돌리고서 서 있었다.

솜털처럼 부드러운 금발. 호화로운 망토를 두른 위풍당당한 뒷모습의 청년이었다.

시드가 얼떨떨하게 그 뒷모습을 바라보고 있으니—.

"……시드 경. ……깨어났구나."

갑자기 청년이 시드에게 등을 돌린 채 말을 걸어왔다.

그러자 남자의 가슴속에서 신기한 감정이 북받쳤다. 향수와도 닮은 마음이었다.

"그 목소리는…… 너, **아르슬**인가?"

시드가 묻자 청년은 뒤돌았다.

근심 어린 표정을 지은 청년의 아름다운 얼굴이 남자 앞에 나타났다.

"오랜만이야, 시드……."

"그래, 아르슬. 만나서 기뻐."

아주 오랫동안 떨어져 있었던 친구를 보고 시드는 반가운 마음에 웃었다.

하지만 동시에 당혹스러워하며 청년— 아르슬에게 물었다.

"그런데 나는…… 네 손에 확실히 죽었을 텐데. ……왜 나는 이런 곳에 있는 거지?"

아르슬은 시드의 물음에 답하지 않고 침통한 표정으로 말을 이었다.

"……미안해, 시간이 없어. 짧게 얘기할게. 시드 경, 지금부터 되살아나서 두 번째 삶을 살아 줬으면 해."

"응? 뭐라고? 두 번째 삶?"

"네가 죽고 이미 1000년이란 세월이 흘렀어. 현시대를 살아가는 내 자손을 기사로서 섬겨 줬으면 해. ……지켜 줬으면 해."

"……흐응? 나보고 네가 아닌 다른 왕을 주군으로 섬기라는 거야?"

시드는 눈을 감고 한동안 상념에 잠겼다.

그러다 눈을 뜨고 살짝 섭섭한 듯 시선을 내리고서 고개를 저었다.

"싫어. 미안, 아르슬. ……아무리 네 부탁이어도 그건 불가능해."

그리고 주위에 펼쳐진 쓸쓸한 세계를 아득한 눈으로 둘러보며 말했다.

"나는 두 번째 삶에 관심 없어. 나는 내 인생을 열심히 살았어. 마지막은 그렇게 됐지만, 그래도 나는 내 기사도를 다했어. 후회는 없어."

"……시드."

"그리고…… 네가 없는 세계에서 나보고 어쩌라는 거야?"

시드는 어깨를 으쓱이고 장난스럽게 말했다.

"너도 알잖아? 나는 타고난 악귀야. 그런 내게 검을 휘두르는 의미를 준 건 너야. 네가 있었기에 나는 기사로 있을 수 있었어. 네가 있어 줬기에……."

그리고 시드는 아르슬을 똑바로 보았다.

"어쨌든 나는 너만의 기사였어. 네가 아닌 다른 주군에게 검을 바칠 마음은 없어. ……미안하지만 이대로 조용히 자게 해 줘."

그렇게 말하고서 시드가 눈을 감으려고 했다.

그러나.

"하지만, 그래도 부탁해, 시드 경…… 나는 네게 매달릴 수밖에 없어."

그런 시드에게 아르슬이 간청하듯 말했다.

"만약 네가 어리석은 나를 아직 주군으로 인정하고 있다면, 부디 두 번째 삶을 살아 줘. 내 자손…… 지금 너를 부르고 있는 아이를 도와줘."

"……."

"사실은 나도 너를 이대로 편안히 자게 해 주고 싶었어. 그래도…… **그 아이**만큼은 지켜 내야만 해…… **이 세상을 위해서도.**"

"……."

"충성을 맹세하라고는 안 할게. 그저 지켜 줬으면 해. **그 아이**는 이 세상의 희망이야. 그러니까……."

당장에라도 울 것 같은 아르슬을 시드는 한동안 바라보다가.

이윽고 입가를 비틀어 작게 웃었다.

"……야, 주군이란 놈이 그런 한심한 표정을 지으면 쓰나."

"시드……?"

"하하하. 알겠어, 친구. 네가 그렇게까지 말한다면 어쩔 수 없지."

시드는 장난꾸러기처럼 씩 웃고서 옛 주군을 보았다.

"네가 나에게 그걸 원한다면— 나는 나의 모든 것을 걸고서 완수할 따름이야. 왜냐하면 나는 너의 기사니까."

"고, 고마워, 시드……."

"하지만 아르슬."

희색을 만면에 드러내는 아르슬에게 시드는 표표히 말했다.

"미안하지만 보고 판단하겠어. 너의 자손이란 녀석이 정말로 내가 기사로서 검을 바칠 만한 왕인지 아닌지를—."

————.

그때.

한층 강렬한 번개가 밤의 어둠을 둘로 쪼개며 언덕 위에 세워진 묘비로 떨어졌다.

정통으로 벼락을 맞아 굉음과 함께 산산조각이 나는 묘비. 까맣게 타는 대지.

세계가 새하얗게 백열하고—.

이윽고 빛이 사그라들었을 때— 그곳에 번개의 잔재를 휘감은 사람이 있었다.

나이는 스무 살 전후일까. 흑발 흑안. 말랐지만 골격이 튼튼한 체구. 간소하지만 예스러운 기사 복장을 한 남자가—.

"자, 그럼— 이번 생에 내 검을 맡길 곳은 어디려나?"

그런 말을 힘 있게 중얼거리며 남자— 시드는 눈을 떴다.
그리고 외투를 펄럭이면서 일어섰다.

"……어?!"
갑자기 낙뢰와 함께 언덕 위에 나타난 남자를 보고 앨빈은 넋이 나갔다.
지금 앨빈은 전신에 심한 상처를 입고 지저에게 멱살을 잡힌 채 축 늘어져 있었지만…… 이 순간, 머릿속에서 모든 생각이 날아갔다.
"뭐, 뭐야……?"
드디어 앨빈을…… 하고 입맛을 다시던 지저도 갑자기 나타난 남자에게 의식과 시선을 완전히 빼앗겼다.
"……."
정작 남자는 언덕 위에서 뭔가를 확인하듯 손을 쥐었다 폈다 하고 있었다.
하지만 이내 주위를 둘러보고 앨빈과 지저를 알아차렸다.
"넌 뭐야?! 어, 어디서 솟아난 거지……?!"
그렇게 말하는 지저를 무시하고 남자는 앨빈과 눈을 맞췄다.
뭔가를 눈치챈 듯 남자가 눈을 가늘게 뜬 순간—.
휙! 불현듯 남자의 모습이 사라졌다.
"어—?"

찰나, 앨빈의 몸이 잡아당겨졌다. 일순 앨빈의 몸이 무중력에 사로잡히며 풍경이 격류처럼 흘러갔다.

정신 차리고 보니.

"……괜찮아?"

"아……."

앨빈은 남자에게 안겨 있었다.

"바, 방금 그 움직임은 뭐야……?! 빠, 빨라……!"

그렇게 외치는 지저는 십여 미터 앞에 있었다.

남자는 앨빈을 안고서도 조금의 빈틈도 보이지 않으며 지저를 노려보고 있었다.

그리고—.

"아, 앗뜨?!"

앨빈은 갑자기 오른손의 손등이 타는 것 같은 감각을 느꼈다.

손등을 보니 검을 본뜬 문장이 열을 내며 떠올랐다.

"나를 부른 건 너로군?"

남자가 자신의 오른손을 보여 주며 앨빈에게 말했다.

남자의 손등에도 앨빈과 똑같은 검 문장이 떠올라 있었다.

앨빈은 그 문장을 통해 남자와 영적인 경로(패스) 같은 것이 연결되는 것을 느꼈다.

"저, 저기……?! 당신은……?!"

남자에게 안긴 채 앨빈이 허둥대며 물었다.

"훗, 소년. 다른 사람에게 이름을 물을 때는 먼저 본인부터 이름을 밝혀야 하지 않겠어?"

"윽…… 그, 그렇죠! 죄송합니다!"

송구스럽다는 듯 몸을 움츠리며 앨빈이 이름을 밝혔다.

"저는 앨빈…… 시조 아르슬의 계보, 앨빈 노르 캘바니아……."

"앨빈인가. ……그렇군, 꽤 좋은 이름이야."

씩 웃고서 시드도 이름을 밝혔다.

"내 이름은 시드. 시드 블리체. 위대한 성왕 아르슬 제일의 기사다."

"다, 당신이, 시드…… 전설의 시드 경……? 저, 정말로……?"

앨빈의 물음에 시드는 온화하게 웃었다.

"그래, 맞아. 너의 부름에 응하여 찾아왔어. ……저 녀석은 너의 적이지?"

시드는 십여 미터 앞에서 멍하니 있는 지저를 힐끗 보았다.

"……으, 응! 적……이지만……."

"그럼 물러나 있어. 바로 정리해 주지."

그렇게 말하고 시드는 앨빈을 내려 줬다.

심하게 다쳐서 다리에 힘이 안 들어가는 앨빈은 그 자리에 털썩 주저앉았다.

시드는 그런 앨빈을 감싸듯 앞으로 나갔다.

"내가 너를 지켜 주겠어."

"가, 감사합니다…… 하지만, 그게, 저기……!"

앨빈은 시드의 등에 대고 불안한 얼굴로 외쳤다.

"조심하세요! 적은 암흑기사…… 아주 강해요……!"

하지만 시드는 그런 앨빈을 안심시키듯 힘 있게 대답했다.

"훗, 걱정하지 마. 나도 꽤 강해."

그리고 앨빈을 뒤에 둔 채 지저와 똑바로 대치했다.

"칫……."

지저가 경계하며 혀를 찼다. 이제 경박한 분위기는 찾아볼 수 없었다. 냉혹하게 적을 살해하는 전사의 눈이었다.

하지만 그런 시선을 한 몸에 받으면서도 시드는 조금도 흔들리지 않았고 겁내지 않았다.

"너…… 대체 어디서 솟아났지?"

지저의 말에 시드는 침묵으로 답했다.

"그나저나 허풍이 굉장하네? 뭐? **시드**? 그건 1000년 전의 전설 시대에 활약했던 기사의 이름이잖아?"

"……."

"무쌍의 쌍검을 휘두르며 《3대 기사》도 능가했다는 최강의 기사— 무자비하고 잔인무도한 《야만인》 시드의 이름을 대다니, 자만심이 너무 과한 거 아니야?"

그런 지저의 말에.

"하하하!"

시드가 아주 재미있다는 듯 웃었다.

"무자비하고 잔인무도? 지금 나는 그런 말을 듣고 있는 건가? 이거 걸작인데! 역사에 이름을 남기는 건 기사의 명예지만, 악명을 떨치는 것도 제법 유쾌한 기분이야!"

"하! 실컷 떠들어라! **물어뜯고(예츠) 찢어발겨라(슬라츠)!**"

그 순간, 표표한 시드의 태도에 초조해진 지저가 움직였다.

고대 요정어로 뭐라 뭐라 외치며 검을 치켜들고 질풍처럼 시드에게 달려들었다.

그리고 상단(폼탁)에서 왼쪽으로 비스듬히 검을 내리쳤다.

시드는 여유롭게 몸을 움직여 그것을 피했지만—.

"—윽!"

팟! 피가 튀었다.

참격은 완벽하게 빗나갔을 텐데 시드의 가슴에 대각선으로 칼자국이 났다.

"시드 경?!"

"하하~! 꼴좋다!"

앨빈의 비통한 비명과 지저의 조소가 울렸다.

그리고—.

"하하하하하하하하하하하하! 계속 간다!"

지저의 맹공이 시작됐다.

올려베기, 횡베기, 돌려베기— 폭풍처럼 시드를 공격했다.

그러나 시드는 번개가 번쩍이는 것 같은 참격의 칼끝을

직전에 확인하고 정확하게 피했다.

하지만—.

팟! 파밧!

어째선지 시드의 몸에 칼자국이 새겨지며 잇따라 혈화(血華)가 피었다.

"뭐 해? 바로 정리해 주겠다며? 햐하하하하하!"

"—윽?!"

지저의 검이 회오리바람처럼 윙윙거리며 번쩍이길 십여 차례.

검무의 원이 끊어졌을 때 뒤로 뛰어서 지저와 거리를 벌린 시드가 앨빈 옆으로 돌아왔다.

"시, 시드 경……!"

"……."

불안해하는 앨빈의 눈에는 온몸을 썰려서 순식간에 무참한 모습으로 변한 시드의 모습이 담겨 있었다.

그런 시드에게 지저는 의기양양하게 말했다.

"하! 너무 약하네, 너. 그런 실력으로 전설의 시드라고 한 거야?"

그런 조롱에 대응하지 않고 시드는 말했다.

"……그렇군. 네가 쓰는 그 검…… 요정검인가?"

"정답이다."

시드의 지적에 지저가 히죽 웃으며 대답했다.

그리고 꺼림칙하게 일렁이는 도신을 가진 검을 보여 줬다. 그 도신에서는 새까만 어둠이 스며 나와 마치 물방울처럼 뚝뚝 떨어지고 있었다.

"검정 요정검《난폭》. 그리고 검정 요정마법【영인(影刃)】— 그림자에서 생겨난 칼날을 초고속으로 날려서 벤 거지. 내가 마음만 먹으면……."

붕! 하고 지저가 아무렇게나 검을 휘둘렀다.

그러자 슝! 검은 선이 지면을 내달리고 시드 옆을 지나쳐 아득한 뒤편까지 일직선으로 칼자국을 새겼다.

"이 거리에서도 간단히 네놈의 목을 날릴 수 있단 거야."

지저의 말을 들은 앨빈은 아연실색했다.

'크, 밤의 어둠 속에서 그림자 칼날은 거의 보이지 않아……. 이런 엄청난 요정마법이라니?!'

이 세계의 기사는 다들 요정검이라고 불리는 특수한 무구를 가지고 있었다.

세상 만물에 깃든다는 요정들이 화신한 검. 사용자의 신체 능력과 자기 치유력을 증폭하고, 그 요정이 관장하는 「개념」을 다루는 힘을 가졌다.

그 힘이 바로 요정마법이었다. 기사는 자신의 요정검을 매개로 요정마법을 쓸 수 있었다. 기사가 평범한 전사와는 일선을 긋는 전투 능력을 가진 이유였다.

'저 남자가 쓰는 요정마법의 위력을 볼 때 저 검의 검격

(劍格)은 상당히 높을 거야…….'

앨빈은 지저의 검을 응시하며 생각했다.

'요정검에는 요정검으로만 대항할 수 있어. 하지만 시드 경은 전설 시대 최강이라고 평가받는 기사…… 그 검도 아주 강력할 터……!'

전설 시대 최강이라고 평가받는 기사가 쓰는 검이다.

필시 높은 검격을 자랑하는 최강의 요정검이리라.

그리고 그것만 있으면 지저에게 대항할 수 있다. ―앨빈은 그렇게 생각했다.

"시드 경! 예전에 경이 쓰던 요정검을 부르세요!"

앨빈은 매달리듯 시드의 등을 바라보며 필사적으로 외쳤다.

"기사와 요정검은 일심동체입니다! 그 이름을 부르면 요정검은 공간을 초월하여 경 앞에 나타날 겁니다! 자, 어서 경의 검을 부르세요! 그러면―."

하지만 시드는 천연덕스럽게 대답했다.

"요정검? 나한테 그런 건 필요 없어."

"……허?"

말을 잇지 못하는 앨빈 앞에서 시드는 난도질당한 외투를 여유롭게 벗어 던졌다.

그리고 앨빈의 허리 쪽으로 손을 뻗었다. 거기에 있던 앨빈의 예비 단검을 뽑아 한 손으로 빙글빙글 돌렸다.

"지금은 이 녀석으로 충분해."

"그게 무슨……?!"

그런 시드의 기행에 앨빈이 필사적으로 매달려 외쳤다.

"잠시만요……! 그건 아무런 힘도 없는 평범한 단검이에요!"

"알아. 그래서 이게 좋은 거야."

"노, 농담하지 마시고 어서 요정검을 부르세요! 안 그러면 죽을 거예요!"

하지만 시드는 진심으로 그 작은 단검으로 싸울 작정인 것 같았다. 요정검을 부르지 않고 단검을 쥔 채 여유롭게 지저를 응시할 뿐이었다.

"서, 설마…… 진심……인가요……?"

당연히 앨빈은 벌어진 입을 다물지 못했고…….

"으하하하하하하하하하하하!"

전장에 지저의 웃음소리가 울려 퍼졌다.

"너, 뭐 하자는 거야? 평범한 단검으로 요정검에 맞서는 바보가 본인을 전설적인 「시드」라고 한 거냐? 으하하하하하하!"

"……."

그런 조소를 시드는 묵묵히 받아들일 수밖에 없었다.

"……아, 아아아……!"

그리고 격렬한 후회가 앨빈을 덮쳤다.

'물러 터진 생각이었어…… 안일했어……! 전설의 시드

경만 부르면 어떻게든 될 거라고……; 그렇게 믿고 있었어……! 그렇게 생각하고 싶었던 거야……!'

전설 시대 최강이라고 평가받는 기사, 시드 경.

하지만 그 실체는 기사 간 싸움의 상식조차 모르는 삼류 기사였다.

'믿을 수 없어……. 평범한 단검으로 요정검에 맞서겠다니! 이런 제정신이 아닌 사람이 시드 경이라고……? 결국 전설은 전설에 불과했던 거야……?!'

왕가에 전해 내려오는 시드 경의 전설— 어릴 때부터 품었던 동경 때문에 잘못된 판단을 하고 말았다.

역시 과거의 인간에게 매달려선 안 됐다. 조용히 자게 뒀어야 했다.

앨빈이 하염없이 후회하고 있으니—.

툭. 앨빈의 머리에 다정하게 손이 얹어졌다.

슥슥. 상냥하게 쓰다듬는 감촉.

"……시드 경……?"

올려다보니 시드가 대담하게 웃으며 앨빈의 머리를 쓰다듬고 있었다.

그리고 이렇게 말했다.

"「기사는 진실만을 말한다」. ……내가 지켜 주겠다고 했잖아?"

"……네? 아……."

얼떨떨해하는 앨빈을 내버려 두고서 시드가 다시 앞으로 나갔다.

이상했다. 시드는 요정검을 가진 기사를 평범한 단검으로 상대하는 무모하기 짝이 없는 일을 벌이려고 하는데.

자신을 지키는 그 뒷모습이…… 앨빈에게는 무척 든든하게 느껴졌다.

"하지만 미안. 너를 불안하게 만든 모양이야."

"네?"

"아무래도 지금 내 육체는…… **완전한 상태와는 거리가 먼** 것 같아서 말이지. 전생부활의 영향인가? 근력도 약하고, 몸을 순환하는 마나도 굉장히 빈약해. 덕분에 내가 생각하는 움직임과 실제 움직임이 영 맞물리질 않아."

그리고 눈을 깜빡이는 앨빈 앞에서 시드는 이렇게 선언했다.

"하지만 문제없어. ……**이제 익숙해졌어**."

"익숙해졌다니……? 대체 무슨 소리를……?!"

앨빈의 물음에 답하지 않고 시드가 지저를 향해 단검을 들었다.

알 수 없는 여유를 부리는 시드에게 지저도 짜증이 난 것 같았다.

"칫…… 이쯤 되니 웃기지도 않네. ……착각에 빠진 송사리가 능력 있는 기사라도 된 양 우쭐해져서는……."

그렇게 내뱉은 지저의 존재감과 압력이 더욱 팽창했다.
장절한 살기가 전신에서 휘몰아쳐 시드와 앨빈을 후려갈겼다.
'말도 안 돼?! 저 남자, 지금까지 진짜 실력을 드러내지 않았던 거야?!'
살 떨리는 사실에 앨빈이 창백해졌고—.
"지옥을 가르쳐 주마아아아아아아아아아!"
찰나, 지저가 검을 휘둘러 그림자 칼날을 날렸다.
이 어둠 속에서는 거의 보이지 않는 칼날이 시드의 목을 노리고 고속으로 날아왔다.
"……아."
곧 시드의 목이 하늘을 날고 땅을 구를 것이다.
앨빈은 그런 최악의 미래를 확신했지만…… 눈앞에 전개된 것은 예상을 한참 벗어난 광경이었다.
"으아아아아아아아아아아악?!"
뒤로 날아간 지저가 꼴사납게 데굴데굴 굴러갔다.
"……어?"
앨빈은 저도 모르게 얼빠진 소리를 내고 말았다.
그리고—.
"……."
어느새 지저에게 접근한 시드가 단검을 휘두르고 잔심 상태에 들어가 있었다.

그 위풍당당한 모습은 장엄한 기사 회화의 한 장면처럼 아름다웠다.

"커헉! 콜록, 콜록! 너 이 자식…… 방금 뭘 한 거야……?!"

피를 토하며 지저가 비틀비틀 일어났다.

"단검(이 녀석)의 평평한 부분으로 너를 때렸는데?"

왜 그런 걸 묻냐는 것처럼 시드가 중얼거렸다.

"개소리 마……! 어느새 접근한 거지?! 내 검은 완전히 너의 범위 밖에서 공격했는데……!"

"아니. 그렇게 똑바로 날리면 눈 감고도 피할 수 있어."

"……뭐……?"

"너…… 보나 마나 이제 막 검을 잡은 종기사겠지. 요정검을 손에 넣고 기고만장해진 것 같은데, 선무당이 사람 잡는 법이야. 죽기 전에 냉큼 항복해."

시드의 그 말은 도발이나 모멸의 의도가 없는 단순한 충고였지만…….

"이 새끼가……?! 누굴 보고 종기사래?! 웃기지 마……!"

그것은 지저의 자존심을 크게 상하게 하기 충분했다.

"뒈져 버려라아아아아아아아아아아아아아!"

지저가 땅을 박차고 시드에게 돌진했다.

시드의 머리를 쪼개고자 상단에서 사납게 검을 내리쳤고—.

"흡!"

시드는 쑥 거리를 좁혀 단검으로 지저의 검을 쳐 내고 그대로 지저의 얼굴을 단검의 평평한 부분으로 때렸다.

"으악?!"

단검을 통해 전달되는 묵직한 충격에 지저가 비명을 지르며 몸을 젖혔다.

믿을 수 없는 위력이었다. 저런 작고 가벼운 단검으로 어떻게 이런 위력을?

"—자, 간다?"

그리고— 이번에는 시드 쪽에서 움직였다.

그 이후의 전개는 마치 조금 전의 광경을 재연한 것 같았다.

시드와 지저, 두 사람의 배역이 바뀌었을 뿐인, 일방적인, 싸움이라고도 할 수 없는 싸움이었다.

시드가 잔상을 남기면서 지저 주위를 고속으로 이동하며 단검을 휘둘렀다.

그 모든 공격이 지저의 방어를 피해 지저의 몸을 날카롭게 때렸다.

머리, 오른팔, 왼발, 몸통, 오른쪽 어깨, 왼팔, 오른쪽 정강이, 등, 허리—.

마치 연습용 목각 인형처럼 시드의 기술이 들어가고, 들어가고, 들어가고, 들어가고, 들어가고—.

기술이 들어갈 때마다 지저의 몸이 여기저기 부자연스럽

게 튀며 우스꽝스럽게 춤췄다.

"아아아아아악?! 아파! 으아아아아아악?!"

지저도 필사적으로 그림자 칼날을 날렸으나 그 반격은 폭풍처럼 움직이는 시드를 스치지도 못했다.

간신히 시드의 잔상을 벨 뿐이었다.

"말도 안 돼…… 어째서……?"

앨빈은 그 광경을 보고 아연하게 중얼거렸다.

"요정검의 힘에는 요정검으로만 대항할 수 있을 텐데……?!"

아니, 틀렸다. **근본적으로 규격이 다른 것이다.** 요정검을 가지고 있을「뿐」인 실력으로는 뒤집을 수 없는 엄청난 차이가 있었다. 그저 그뿐인 이야기였다.

"대, 대단해……."

감동한 것처럼, 뭔가를 동경하는 것처럼 앨빈은 시드를 바라보았다.

시드의 싸움에, 그 압도적인 검술에 앨빈의 가슴은 떨렸다.

"이것이…… 이것이 바로 전설 시대를 살았던 기사!"

지금은 세상을 떠난 부왕에게 어릴 때부터 듣고 동경했던 시드 경의 전설과 이야기.

그것은— **전부 진짜였다.**

그리고 시드의 이야기를 처음 들었을 때와 같은 가슴 설레는 흥분과 감동이 지금 앨빈의 마음을 지배하고 있었다.

전설의 모습을 좀 더 보고 싶다……. 앨빈은 시드의 싸움을 정신없이 바라보았다.

이윽고— 아니, 곧장.

두 기사의 싸움은 결판이 났다.

"—하!"

"으아아아아아아아아아아아아아아!"

데굴데굴데굴데굴!

오른쪽으로 베어 올리는 시드의 공격을 맞고 요란하게 날아간 지저가 굴렀다.

"항복해. 기사는 함부로 목숨을 뺏지 않으니까."

축 늘어진 지저를 내려다보며 시드는 담담히 선언했다.

"쿨럭! 쿨럭! 강해……! 왜 이렇게 강한 거야…… 미, 믿을 수가 없어……!"

지저가 검을 지팡이 삼아 비틀비틀 일어났다.

"젠장…… 그러고 보니 소문을 들은 적이 있어……. 샤르토스 숲에 잠든 기사…… 설마 너, 정말로 《야만인》 시드 경인가?! 되살아났다고?! 웃기지 마……. 대체 무슨 마법을 쓴 거야?! 쿨럭!"

"……글쎄? 오히려 내가 알고 싶어."

시드는 여유로운 존재감만으로 지저를 찍어 눌렀다.

완전히 압도된 지저는 나약하게 뒷걸음질 칠 수밖에 없었다.

"크하, 케하하하…… 그래, 내가 졌어……. 네가 그 악명 높은 《야만인》이라면 나 같은 게 아무리 애써도 이길 수 없겠지……."

그리고 진땀을 줄줄 흘리며 얄밉게 히죽 웃었다.

"하지만 마무리가 허술하네……!"

휙! 갑자기 지저가 다시 검을 휘둘렀다.

그림자 칼날이 발생했다.

하지만 비를 가르고 날아간 그것은 시드가 아니라—.

"……아?!"

앨빈을 노린 것이었다.

자신을 향해 맹렬한 속도로 날아오는 보이지 않는 칼날에 앨빈은 반응조차 할 수 없었고—.

팟! 피가 튀었다.

"시, 시드 경……?!"

"……윽!"

바람처럼 끼어든 시드가 앨빈을 감싸고 그림자 칼날을 등으로 막았다.

"헤헤헤! 형세 역전이네!"

지저가 검을 휘두른 모습으로 의기양양하게 외쳤다.

"……너."

그 순간, 뒤돌아본 시드의 얼굴에 어린 감정을 지저는 놓치지 않았다.

"헹! 반응이 좋은데? 무자비하고 잔인무도한 《야만인》님은 아무래도 전설과 달리 상당히 물러 터지신 모양이니까! 통할 줄 알았지!"

"……."

"나는 이제 여기서 왕자만 노리겠어! 네놈이 나를 쓰러뜨리려고 왕자 곁을 조금이라도 벗어난 순간, 나도 죽겠지만 동시에 왕자의 목도 공중을 나는 거야!! 왕자를 버리더라도 나를 해치울 건가?! 그럴 수 있겠어?! 못 하겠지! 왜냐하면 너는 훌륭한 기사님이니까! 햐하하하하하하!"

그 말이 사실임을 나타내듯.

시드는 앨빈 앞에서 움직이지 않았다. 감싸듯이 서 있었다.

"자…… 과연 얼마나 버틸까~? 전설의 《야만인》님……?"

비열하게 웃으며 지저가 천천히 검을 치켜들었다.

'이런! 내 존재가 시드 경의 발목을 잡아 버렸어……!'

앨빈은 다쳐서 아직 일어날 수 없었다. 움직일 수 없었다.

즉, 시드도 앨빈 앞에서 움직일 수 없었다.

희망찼던 상황에서 일변하여 절망의 구렁에 빠진 앨빈은 아연실색할 수밖에 없었다.

'시드 경……!'

앨빈이 매달리듯 시드를 올려다보았다.

"……."

시드는 그저 가만히 앨빈을 지키고 서서 지저를 응시할

뿐이었다.

아무리 전설의 기사여도 이 상황을 어떻게 할 수 있을 것 같지는 않다…… 그렇게 판단한 앨빈은 결의와 각오를 다지고 외쳤다.

"시드 경…… 나는 상관하지 말고 저 녀석을 치세요!"

"……!"

앨빈의 말에 시드가 눈을 가늘게 떴다.

"저자는 어차피 나를 죽일 셈이에요! 그러니까—."

"시끄러워, 닥치고 있어, 애송이! 쓸데없는 소리 하지 마!"

지저가 검을 X자로 두 번 휘둘렀다.

파밧! 앨빈 앞을 막아선 시드의 몸에 X자가 새겨졌다.

"아, 아아아아……! 시, 시드 경……!"

"햐하하하하하! 이거 걸작이네. 진짜로 안 움직일 줄이야! 훌륭한 기사님의 귀감이잖아. 으하하하하하하하하하하하하!"

지저의 의기양양한 웃음소리가 울려 퍼졌다.

"시, 시드 경…… 부탁이에요……. 제발 나는 상관하지 말아요……!"

앨빈은 간청하는 눈으로 시드의 등을 보았다.

하지만—.

"이것 참. 몇 번이나 말했잖아? 앨빈. 「기사는 진실만을 말한다」고."

시드는 대담하게 그런 말을 중얼거렸다.

"……네?"

"나는 너를 지켜 주겠다고 했어."

멍하니 지켜보는 앨빈 앞에서.

시드는 단검을 발치에 던져 땅에 꽂았다.

그리고 빈손이 된 오른손을 하늘을 향해 들었다.

어떻게 된 건지는 알 수 없지만. 폭풍우가 휘몰아치는 가운데, 시드를 중심으로 고요하면서도 힘차게 고조되는 무언가를— 앨빈은 이때 확실하게 느꼈다.

"가르쳐 주지, 악당."

시드가 분노로 타오르는 눈으로 지저를 노려보았다.

"이, 이봐……! 너, 묘한 행동은—."

지저가 외치고서 이걸로 끝장내 주겠다는 것처럼 다시 그림자 칼날을 날리려고 한— 그 순간이었다.

"기사의—「그 분노는 악을 멸한다」."

시드가 그렇게 선언하고 오른손을 아래로 휘둘렀다.

그 순간, 상상도 못 한 일이 일어났다.

번쩍! 세상이 새하얗게 태워짐과 동시에 휘몰아치는 폭풍이 둘로 갈라졌고—.

—귀청을 찢는 굉음. 한 줄기 섬광.

아득한 천공에서 날아온 벼락이 대기를 찢고 지저가 치켜든 검을 직격했다.

그 위력과 충격으로 지저의 요정검은 산산조각이 났고.

"으아아아아아아아아아아아아아아아아악?!"

격렬한 번개에 온몸을 먹힌 지저가 까무러쳤다.

"……너, 너는…… 괴물……이냐……?!"

믿을 수 없다는 듯 눈을 부릅뜬 채 마지막으로 그런 말을 남기고서.

까맣게 탄 지저가 완전히 숨이 끊어져 땅에 쓰러졌다.

"……어? 방금 그건…… 요정마법……? 하, 하지만, 번개를 조종하는 요정마법 같은 건 들어 본 적이 없고…… 애초에 시드 경은 요정검을 꺼내지 않았는데……."

이 세계에서 마법 도구나 요정검 없이 마법을 쓸 수 있는 것은 반인반요정족(니뮤에)이라고 불리는 신비한 여성 종족뿐일 터다.

"우연히 떨어진 벼락인가……?"

무슨 일이 일어났는지 알 수 없어서 앨빈은 멍해졌다.

앨빈이 그러든 말든.

"……."

시드는 어째선지 오른손을 바라보고 있었다.

오른손을 쥐었다 폈다 하며 뭔가를 확인했다.

눈을 살짝 가늘게 뜬 표정은…… 조금 복잡해 보였다.

"……저, 저기……! 왜 그러시나요?"

앨빈은 그런 시드에게 과감히 말을 걸었다.

시드는 앨빈의 물음에 답하지 않고 잠시 침묵을 유지했지만…….

"……아니, 아무것도 아니야."

이내 그렇게 나직이 중얼거리고 앨빈에게 몸을 돌렸다.

"나보다 너는 어때? 괜찮아?"

"아, 네……. 저는 괜찮아요……. 조금 쉬면……."

정신을 차리고 보니, 조금 전의 낙뢰와 함께 비는 그친 상태였다.

지금은 폭풍의 잔풍이 윙윙거리며 휘몰아치고 있었다.

주저앉은 앨빈 앞으로 온 시드가 한쪽 무릎을 꿇고 몸을 숙였다.

"소년. ……너, 앨빈이라고 했지?"

시드는 온화하게 그런 질문을 했다.

그리고 앨빈의 얼굴을 빤히 바라보았다.

"엇…… 네…… 그런데요……."

앨빈은 왠지 뺨이 뜨거워지는 것을 느꼈다.

아랑곳하지 않고 시드는 말했다.

뭔가를 그리워하듯이, 멀리 있어 잡을 수 없는 무언가를 바라듯이.

"그렇군. 선은 조금 가늘지만 역시 닮았어."

"다, 닮았다고요……?"

눈을 깜빡이는 앨빈 앞에서.

“그래, 너는 그 녀석을…… 아르슬을 쏙 빼닮았어.”

시드는 자신의 가슴에 손을 얹고 앨빈을 똑바로 응시하며 당당히 선서했다.

“다시 소개하지. 내 이름은 시드 블리체. 나의 영원한 주군이자 친우인 아르슬의 명으로 현세에 되살아나 너에게 달려왔어. 지금 이 순간부터 내가 너를 지켜 주겠어. 너에게 닥치는 온갖 환란을 내가 검으로 몰아내 주겠어.”

그렇게 말하고.

시드가 앨빈의 눈을 그윽하게 바라본 순간이었다.

두근, 앨빈의 가슴이 한층 크게 뛰었다. 뺨이 전에 없이 확 뜨거워지며 심장이 경종을 울리듯 세차게 뛰기 시작했다.

“그리고 보도록 하겠어. ……너의 왕도를. 내가 기사로서 검을 바칠 만한 왕이 될 수 있을지 없을지…… 내게 보여 줘.”

이어진 그 말이 앨빈의 머릿속에는 전혀 들어오지 않았다.

행복한 기분이 머리를 잠식해서 제대로 사고할 수가 없었다.

시드라는 존재에게서 눈을 뗄 수 없었다. 마음을 사로잡힌 것 같은 감각이었다.

똑바로 바라보는 시드의 그 눈에 영혼이 빨려 들어갈 것 같았다.

‘헉?! 나, 나는 대체 무슨 생각을 하는 거야?! 이, 이런

여자애 같은 생각을—.'

거기까지 생각하고서 앨빈은 그런 자문이 실로 무의미함을 깨달았다.

왜냐하면 자신은 사실—.

"시, 시드 경…… 나는……."

빠르게 뛰는 가슴. 열에 들뜬 것 같은 사고.

그리고 이제부터 뭔가가 시작될 것 같은 예감.

그런 기묘하면서도 가슴 설레는 감각에 휩싸여 앨빈은 한없이 시드를 바라보았다.

—이리하여.

아득한 유구의 시간을 뛰어넘어 전설 시대의 기사와 현대의 젊은 왕 지망생이 만나고.

새로운 전설의 막이 올랐다.

제2장 교관 시드

알피드 대륙 북단.

험한 산맥에 둘러싸인 지리적 조건과 영맥(靈脈) 때문에 1년 내내 지옥 같은 냉기와 눈과 얼음에 뒤덮인 영구 동토의 땅.

이곳은 전설 시대에 《마왕》이라고 불렸던 한 인간이 통치했다는 마국 다크네시아가 존재했던 장소였다.

그리고 옛 마국의 수도, 마도 다크네시아— 지금은 살아 있는 자가 한 명도 없고, 그저 얼어붙어 스러진 폐허만이 무한히 펼쳐진 폐도(廢都).

그 중앙에 섬뜩한 거인처럼 우뚝 선 다크네시아성의 한산한 알현실에서.

어슴푸레한 어둠 속, 차가운 돌 옥좌에 울적하게 앉은 한 사람이 있었다.

고딕 드레스를 입고 은발을 길게 기른 소녀였다.

나이는 열다섯이나 열여섯쯤일까. 가까이서 보면 등골이 오싹해질 만큼 아름다운 미모는 이미 마성의 영역이었다. 거기 서 있기만 해도 온갖 생명을 빨아들이는 영기와 위압감을 풍기고 있었다. 그 심상치 않은 기운— 그녀는 사람이 아니었다. 아마 살아 있지도 않았다.

인외(人外)의 힘과 맞바꿔 사람이기를 포기한 자— 마인. 그 말이 딱 들어맞았다.

하지만 사람 형태를 한 이형의 존재이면서 머리에 왕관을 쓰고 있었다. 그 중후하고 위엄 넘치는 모습에는 그야말로 「왕」의 품격이 있었다.

"어떻게 된 거야! 실패하다니!"

왕관을 쓴 소녀는 분한 듯 표정을 일그러뜨리고 옥좌의 팔걸이를 때리며 내뱉었다.

"이렇게 무능할 수가! 오푸스 암흑교단도 생각보다 쓸모가 없잖아!"

"어머나, 멋대로 교단의 암흑기사를 움직이셔 놓고 너무 심하게 말씀하시네요."

그러자 옥좌 옆 어둠 속에서 그림자가 스며 나오더니 사람 형상을 만들었다.

후드가 달린 칠흑색 로브로 온몸을 가린 마녀였다.

로브를 입었어도 그 몸매가 얼마나 요염한지 알 수 있었다. 깊이 눌러쓴 후드가 얼굴을 절반 이상 가리고 있기에 나이는 알 수 없었다.

"뭐야! 너희 오푸스 암흑교단은 나의 충실한 종복이잖아!"

"네, 물론이죠. 귀여운 주인님."

"그럼 내가 너희를 어떻게 쓰든 내 맘이잖아!"

왕관을 쓴 소녀는 입으로만 키득키득 웃는 마녀에게 신경질적으로 외쳤다.

"모처럼 앨빈을 죽일 기회였는데! 그 녀석한테만큼은 생지옥을 보여 줘야 직성이 풀린다고!"

소녀는 손톱을 깨물며 부들부들 떨었다. 대체 무슨 원한이 있기에 그러는지 온몸에서 어둡고 무거운 증오가 질척하게 소용돌이쳤다.

"앨빈 왕자를 미워하는 주인님의 마음은 잘 알고 있어요."

그런 소녀를 달래듯 마녀가 말했다.

"하지만 지금은 왕도에서 **예의 그 계획**을 진행 중인 중요한 때……. 앞으로는 눈앞의 감정에 휩쓸려 경솔하게 행동하지 말아 주셨으면 하네요."

"그, 그치만! 그치만!"

"걱정하지 마세요. **계획**이 실행되면 기회는 얼마든지 찾아올 거예요. 주인님도 남에게 시키는 것보다는 본인 손으로 죽이고 싶지 않으신가요?"

"……?!"

마녀의 그런 간언에 소녀가 씁쓸한 얼굴로 입을 다물었다.

이윽고.

"흐, 흥! 확실히 그 말대로야."

의외로 소녀는 고개를 팽 돌리고서 간단히 물러났다.

"네 말이 맞긴 해. 미안해. 조금 경솔했어."

"역시 주인님…… 실로 현명하세요."

마녀는 의외로 고분고분한 소녀를 보고서 요요하게 미소 지었다.

"하지만…… 조금 신경 쓰이는 부분이 생겼어요."

"뭐가?"

"앨빈 왕자를 구한 그 기사 말이에요."

마녀는 살며시 입술을 매만지며 생각했다.

"이번에 주인님이 왕자에게 보낸 이는 암흑기사 중에서 수준이 낮은 자였지만, 완전히 약해진 현대 기사들에게는 버거울 강자였어요. 그걸 격퇴한 기사라니…… 신경 쓰이네요."

그러자 소녀도 의문을 꺼냈다.

"듣고 보니 그러네. 그 숲은 왕가의 성역이지? 본래 아무도 없을 터인 곳에서 왕자를 돕는 기사가 나타나다니, 짠 것처럼 너무 상황이 좋잖아. ……너는 그 기사가 누군지 알아?"

그러자 마녀는 다시 작게 미소 지으며 대답했다.

"……딱 한 명, 짐작 가는 사람이 있어요."

"흐응? 누군데?"

"사실 캘바니아 왕가에는 어떤 오래된 구전이 있거든요."

"……구전? 어떤?"

"샤르토스 숲 깊은 곳에 어떤 기사의 묘비가 있고, 시조 아르슬의 계보가 그 피를 묘비에 바치면 기사가 다시 잠에서 깨어난다…… 그런 구전이에요.”

“설마 전생소환 마법……? 죽은 기사를 되살렸다는 거야?”

의외라는 듯 소녀가 눈을 깜빡였다.

“그래서? 그 무덤에 잠든 기사의 이름은?”

왕관을 쓴 소녀의 물음에 마녀는 엄숙하게 대답했다.

“—시드. 시드 블리체. 그 유명한 《야만인》 시드 경이에요.”

그 순간, 소녀는 화들짝 놀랐다.

“뭐?! 《야만인》 시드 경이라고?!”

옥좌를 박차고 일어나 마녀를 노려보았다.

“그럴 리가 없어! 애초에 죽은 사람이 되살아나는 마법 같은 건—.”

“—불가능하다고 단언할 수는 없어요.”

흥분한 소녀에게 마녀가 냉정히 대답했다.

“캘바니아 왕가의 시조 아르슬은 빛의 요정신(에클레르)의 가호를 받은 자였죠. 전설 시대, 아르슬은 빛의 요정신으로부터 뭔가 특별한 마법을 몰래 받았을지도 몰라요.”

마녀의 지적에 소녀가 숨을 삼켰다.

“진위는 아직 불명이지만…… 그 기사가 정말로 전설의 시드 경이고 앨빈 왕자의 휘하에 들어갔다면, 우리에게 큰 위협이 될지도 몰라요.”

“어, 어째서…… 왜 그 애만……!”

아드득. 왕관을 쓴 소녀가 격정을 얼굴에 담고서 손톱을 깨물었다. 독처럼 배어 나오는 그 증오만으로도 사람을 죽일 수 있을 것 같았다.

"흥! 설령 진짜더라도 그딴 구시대의 기사는 우리의 적수가 못 돼!"

"그렇게 격분하시는 건 좋지만. 우선은 진위를 확인하는 게 먼저예요."

격앙하는 소녀를 달래듯 마녀가 말했다.

"그 기사가 정말로 시드 경인지…… 저희에게 위협이 될 만한지…… 우선은 그 부분을 확실히 하죠. 현재 진행 중인 **계획**을「준비」하면서 그 기사를 염탐해 보겠어요."

"응, 부탁해."

"네. 모든 것은 주인님을 위해. 저는 주인님께 아낌없이 온 힘을 보태겠어요……."

그렇게 말하고 마녀는 웃었다.

일순, 마녀가 깊이 눌러쓴 로브 아래로 얼핏 눈이 보였다.

그 눈에서는 끝이 보이지 않는 어둠과 허무가 소용돌이치고 있었다.

———.

날이 밝았다.

시드와의 기구한 만남을 겪은 후.

앨빈은 시드를 데리고서 나뭇잎 사이로 비치는 햇빛을 의지해 아직 어두운 숲속을 걷고 있었다.

그리고 걸어가면서 다양한 사정을 이야기했다.

"정말로…… 억지로 깨워서 죄송합니다."

앨빈이 미안하다는 듯 눈을 내리뜨고 시드에게 말했다.

"왕가에는 오래된 구전이 전해 내려오고 있어요. 왕족에게 재앙이 닥쳤을 때는 경을 의지하라는 선조님의…… 성왕 아르슬의 구전과 비전 마법이."

앨빈은 자신과 시드의 오른손에 새겨진 검 문장을 번갈아 보았다. 그 문장에는 신기한 마나가 가득 차 있었고 살짝 빛나고 있었다.

"그렇군. 그 마법으로 나는 천년의 죽음에서 깨어난 건가."

나란히 걷는 시드가 장난스럽게 대답했다.

"그런데…… 설마 죽은 자가 되살아나는 마법이 있을 줄이야. 역시 믿을 수가 없어."

"아마 생전 아르슬 님과 시드 경 사이에 뭔가 고대 마법 계약이 있었을 것 같은데…… 짚이는 게 있나요?"

"아니? 전혀 없어. 과거의 기억도 영 애매하고."

"그런가요……."

조금 울적한 표정인 앨빈을 흘낏 보고서 시드가 말했다.

"그런데 너를 덮쳤던 그 녀석은 뭐야?"

"그자는 오푸스 암흑교단의 암흑기사예요. 어둠의 요정신을 신봉하는 금기된 사교 단체로, 일찍이 마왕이 통치했다는 북쪽 마국 다크네시아의 기사단이죠."

"예전에 마구 때려잡았는데 아직도 있는 건가."

시드가 어이없어하며 어깨를 으쓱이자 앨빈이 씁쓸한 표정으로 말을 이었다.

"근래 들어 교단은 갑자기 활동을 재개했어요. 아무래도 지금까지 줄곧 지하에 잠복해 있었던 것 같아요."

"바퀴벌레 같은 녀석들이네."

"교단은 마국 다크네시아를 부흥시키고 다시 북쪽 대륙에 마왕을 세워서 세상을 손아귀에 넣으려고 해요."

"……."

"그들은 세상의 적이에요. 그들의 활동 재개는 국가의 중대사. 지금이야말로 나라가 일치단결하여 녀석들과 싸워야 하는데…… 안타깝게도 우리 왕국은 한마음 한뜻이 아니에요."

"그 말은 즉?"

"3대 공작가…… 뒤란데 공작가, 오르토르 공작가, 앤서로 공작가……. 사욕과 야심으로 이 나라를 집어삼키려 하는 최악의 사람들이 있거든요."

앨빈이 고요한 분노를 담아 말했다.

"이 캘바니아 왕국은 왕가와 3대 공작가가 지탱해 왔어요. 하지만 선왕이 죽고 나서 왕가는 약해졌고, 왕위는 공백 상태예요. 3대 공작가의 현 가주들은 이때를 이용해 자기들이 이 나라를 장악하려고 서로 견제하고 있는 실정이죠.

지금은 왕가와의 옛 맹약에 따라 《호반의 여인》들이 섭정을 맡고 있지만, 왕이 아닌 그녀들의 권한은 제한적이라서 공작가의 힘을 완전히 억제하지는 못해요.

지금 있는 왕족은 저뿐이에요. 제가 왕위를 이으면 3대 공작가의 힘을 억제하고 하나로 뭉쳐서 이 나라를 지킬 수 있어요. 하지만 이 나라의 왕은 전통적으로 「기사왕」이에요. 원칙에 따라 이 나라에서 왕위를 받으려면 기사 서훈이 필요해요.

캘바니아 왕립 요정기사 학교…… 제가 그곳을 졸업하여 정식 기사 서훈을 받을 때까지 앞으로 2년. 제가 왕이 되는 것을 원치 않는 3대 공작가는 그동안 어떻게 해서든 제 기사 서훈을 방해하려고 획책하겠죠. 그래서 시드 경에게 부탁이 있어요."

앨빈이 시드를 똑바로 바라보자마자.

"그래, 알고 있어. 안심해. 내가 온갖 악의로부터 너를 지켜 주겠어."

시드는 간단히 그렇게 응답해 줬다.

"저, 정말로 괜찮은 건가요……? 시드 경."

앨빈이 눈을 깜빡이며 시드의 옆모습을 올려다보았다.

"……어쩔 수 없었다고는 하지만 저는 경을 멋대로 되살렸는데……."

"「기사는 진실만을 말한다」. 그게 분명 아르슬의 바람일 테고."

"가, 감사합니다! 경 같은 기사가 곁에 있어 준다니, 정말 기뻐요!"

앨빈은 곧장 희색을 만면에 드러냈다.

하지만 시드는 씩 웃으며 그런 앨빈에게 찬물을 끼얹는 말을 꺼냈다.

"하지만— 미안한데, 내가 너를 지키는 건 내가 **아르슬의 기사**이기 때문이야."

"……!"

시드의 지적에 앨빈이 퍼뜩 정신을 차렸다.

"나는 딱히 네게 충성을 맹세한 것도 아니고, 너의 기사가 된 것도 아니야. 어디까지나 내 주군 아르슬이 너를 부탁했기 때문이야. ……이해했지?"

"……."

"내가 진심으로 검을 바치고 싶다고 생각한 상대는 아르슬뿐이야. 요컨대 나는 너를 인정하지 않았어. 아르슬의 자손이라고 해서 응석을 받아 줄 마음은 없어."

그렇게 시드가 엄격하게 말하자 앨빈은 곧장 의기소침해졌다.

"그…… 그렇죠……. 시드 경은 아르슬 님의 기사죠……. 경 같은 사람이 지켜 주는 것만으로도 파격적인 일이고…… 네……."

슬프게 눈을 내리뜨고서 어깨를 떨구고 시무룩해졌다.

그런 앨빈을 힐끗 보고 시드는 크크 웃었다.

"시, 시드 경?"

"이봐, 앨빈. 뭐 하는 거야? 너는 왕이 될 거잖아? 방금은 「무례한 놈!」 하면서 나를 베어 버려도 되는 장면이었어. 어디서 굴러먹던 놈인지도 모를 일개 기사에게 왕이 아무런 대꾸도 못 하면 쓰나? 크큭큭."

"아…… 으……."

앨빈은 곧장 송구스러워했다.

하지만 시드는 앨빈의 머리에 손을 얹고 헝클어트렸다.

"보아하니 너는 단순한 호위가 아니라 기사로서 나를 원했나 봐? 응?"

"그, 그건…… 그게……."

끄덕. 앨빈은 애달프게 고개를 끄덕였다.

"훗, 이상한 녀석이네. 보통, 처음 만난 기사의 충성을 바라나? 뭐, 좋아……. 그렇다면 너의 왕도를 보여 줘."

시드가 온화하게 웃었다.

"왕인 네가 걷는 길에 내가 진심으로 검을 바치고 싶다는 생각이 들면…… 너의 기사가 되어 줄 수도 있어. ……이런 《야만인》이어도 괜찮다면 말이야."
그러자 앨빈의 표정이 즉각 환해졌다.
"네! 저, 힘낼게요! 그때는 아무쪼록 잘 부탁드려요!"
"야. 왕이 간단히 머리를 숙이지 마. 그러면 왕관이 바로 떨어질걸?"
"아?! 네! 죄, 죄송합니다!"
"하하하, 이거 갈 길이 머네. 미래의 내 주군 후보 수습 대리 보좌님."
"그, 그 정도로 글러 먹었나요?!"
충격받은 앨빈이 울상을 지었다.
그렇게 대화를 나누며 두 사람이 숲을 걸어가니.
이윽고 숲이 끝나며 벼랑이 나왔다. 두 사람 앞에서 시야가 단숨에 트였다.
"아, 시드 경. 보이네요. 저게 캘바니아성이에요."
앨빈이 지평선 부근을 가리켰다.
멀찍이 보이는 저 앞, 이어진 산들 사이에 건축된 거대한 성과 그 주위에 펼쳐진 광대한 마을이 새벽빛을 받아 반짝이고 있었다.
여러 성탑과 성관, 성벽으로 구성된 거대한 성— 캘바니아성.
그 당당한 위용은 매우 아름다웠다.
"……캘바니아성……."

시드가 왕성과 마을을 멀리서 바라보며 중얼거렸다.

"저 성은 시드 경이 살던 시대부터 있었다고 해요. ……반가운가요?"

"솔직히 옛날 기억이 애매해서 잘 모르겠어. 다만—."

시드가 머나먼 날의 숭고한 무언가를 생각하듯 눈을 가늘게 떴다.

"섬겨야 할 왕이 있고, 함께하는 동료들이 있고, 지켜야 할 백성이 있고…… 나의 모든 것이 저 성에 있었겠지. 이제는 먼 과거의 얘기지만……."

그렇게 이야기하는 시드의 옆모습은 사색에 젖어 있었다.

그랬다. 그의 주군과 친구들은 이제 아무도 없었다. 지금 그는 외톨이였다.

어렴풋이 심중을 헤아린 앨빈이 시드에게 다가섰다.

"외로운가요?"

"글쎄?"

"죄송해요……."

"……훗, 네가 사과할 일은 아니야."

슥슥. 시드가 앨빈의 머리를 쓰다듬었다.

"그런가요. 그럼 적어도 감사드리고 싶어요. 좋았던 옛 전설 시대…… 강하고 고상한 기사들이 이야기를 만들었던 화려한 세계…… 그런 세계에 살던 사람이 지금 제 옆에 있는 이 기적에…… 지금은 그저 무한한 감사를."

한동안 앨빈은 시드와 함께 캘바니아성을 바라보았다.

하지만 이윽고 결심한 듯 시드에게 몸을 돌리고 진언했다.

"시드 경."

"응?"

"실은…… 시드 경에게 한 가지 더 부탁이 있어요."

그렇게 앨빈이 뭔가를 말하려고 했을 때였다.

"앨빈!"

많은 말굽 소리가 오른쪽에서 점차 다가왔다.

고개를 돌려 확인하니 캘바니아 왕국기를 내건 기마병 십여 명이 절벽을 따라 앨빈에게 오고 있었다.

시드가 경계하며 앨빈을 감싸듯 앞으로 움직였다.

하지만 앨빈은 소대의 선두에서 말을 모는 소녀를 보고 밝은 표정으로 외쳤다.

"텐코! 아아, 와 줬구나!"

그러자 앨빈에게 달려온 소녀— 텐코가 말에서 뛰어내려 앨빈을 와락 껴안았다.

"앨빈! 훌쩍…… 무사해서 다행이야! 미안해요! 늦게 와서 미안해요! 중요한 순간에 아무것도 못 해서 미안해요!"

텐코는 최상질의 명주실 같은 백발을 목덜미에서 묶었고, 다소 치켜 올라간 금색 눈이 특징적인 소녀였다. 나이는 앨빈과 비슷한 열다섯, 열여섯쯤이었다.

아인족(세리안) 중에서도 귀미인(貴尾人)이라고 불리는 씨족 출신일 것이다. 텐코에게는 여우를 연상시키는 긴 귀와 꼬리가 있었다. 하지만 그런 모습이 야성미 있어도 야만적이지는 않았고, 타인을 거절하는 것 같은 차가운 미모에서는 고상한 귀인의 품격조차 느껴졌다.

앨빈과 똑같은 종기사 정장을 입은 것을 보면 그녀도 서훈을 받지 못한 종기사— 수습 기사인 듯했다.

"나는 괜찮아……. 걱정 끼쳐서 미안해……."

앨빈이 울먹이는 텐코를 달래며 둘이서 끌어안고 있으니.

"왕자님! 무사하셨군요!"

"자, 왕성으로 귀환하시죠!"

주위를 에워싼 병사들도 그렇게 기뻐하며 말했다.

한동안 병사들은 앨빈이 무사한 것을 다 같이 기뻐했지만, 이윽고 당연한 귀결로서 앨빈 옆에 있는 기이한 존재에게 시선이 갔다.

신기한 존재감을 풍기며 태연하게 서 있는 시드에게 말이다.

"다들 안심해. 이 사람은 나를 살려 준 생명의 은인이야. 이 사람이 없었다면 나는 죽었어."

미심쩍어하는 시선이 시드에게 모이기 시작하자 앨빈이 바로 해명했다.

"나는 그를 왕성에 손님으로 초대하고 싶어. 다들 정중히 대해 줘."

"와, 왕자님께서 그렇게 말씀하신다면…… 알겠습니다."

병사들은 그렇게 말하고서 특별히 의심하지 않고 귀환 준비를 시작했다. 예비 말을 앨빈과 시드에게 데려왔다.

하지만 텐코만큼은 딱 봐도 수상쩍은 시드가 몹시 신경 쓰이는지 힐끔힐끔 시드를 엿보며 앨빈에게 속삭였다.

"저기…… 앨빈? 저 사람은 대체 누구인가요?"

"후후. 나중에 자세히 설명하겠지만, 그는 말이지—."

앨빈은 살짝 장난스럽게 웃고서 대답했다.

———.

텐코가 이끄는 왕국 병사들에게 보호받은 후, 앨빈은 캘바니아 왕국의 수도, 왕도 캘바니아에 도착했다.

성벽의 문을 지나자 펼쳐진 마을에는 뾰족한 지붕을 얹은 석조 가옥과 건물이 늘어서 있었고 여기저기에 광장이 흩어져 있었다. 거리 곳곳에 신전과 대학, 집회장, 상점, 시장, 광장, 선술집, 목욕탕 같은 시설이 존재했고, 성문과 이어진 큰길 옆에는 다양한 점포와 노점, 가판대가 늘어서서 오가는 사람들로 활황이었다.

앨빈 일행은 그런 큰길을 나아가 왕도의 중심부로 향했다.

그곳에는 산처럼 우뚝 선 캘바니아성이 있었다.

캘바니아성은 중심부에 있는 거대한 본채 성관 주위에 무수한 탑과 별채 성관, 성벽이 배치되어 있었고, 그 구조는 위에서부터 크게 네 층으로 나뉘어 있었다.

왕족의 거주구, 궁정, 알현실— 국정과 관련된 기능이 모여 있는 상층.

《호반의 여인》의 신전, 서훈을 받은 기사와 국정을 관장하는 대신들의 거주구, 법정, 군사 시설, 공중 정원 등이 있는 중층.

미래의 기사들을 육성하는 캘바니아 왕립 요정기사 학교와 그 훈련장, 학생 기숙사, 안뜰, 앞마당, 해자와 수로, 마구간 등이 있는 하층.

창고와 자료실, 감옥, 형장, 투기장 등 그 밖의 시설이 밀집된 지하층.

캘바니아 왕국이 세워졌을 때 호반의 여인들과 거인족(티탄) 장인들이 힘을 합쳐 건축했다는 이 성의 내부는 고대 마법으로 이계화되어 겉으로 보이는 것보다 훨씬 넓은 구획 면적을 가지고 있었다.

마치 성 자체가 하나의 거대한 마을 같은— 그런 성이었다.

해자에 걸린 도개교를 건너 왕성으로 귀환한 앨빈은 곧장 시드를 왕성 중층에 있는 《호반의 여인》의 신전 구획으로 초대했다.

————.

"아무리 앨빈의 말이라지만 나는 절대 반대예요!"

여러 돌기둥과 아치가 있고, 안쪽에 제단이 있는 제사장에.

텐코의 새된 목소리가 울려 퍼졌다.

"너무 그러지 말고 진정해, 텐코."

"아뇨, 진정 못 해요! 앨빈은 아무것도 몰라요!"

앨빈이 달래도 텐코는 고집스럽게 받아들이지 않았다.

"그렇잖아요…… 저치는 《야만인》 시드 경이라고요!"

텐코는 어딘가 즐거운 기색으로 상황을 살피고 있는 시드를 척 가리켰다.

"무자비하며 잔인무도! 최후에는 성왕 아르슬에게 심판받은 대죄인! 그런 악인을 앨빈 곁에 두겠다니, 아무리 강해도 나는 절대 반대예요! 심지어 캘바니아 왕립 요정기사학교의, 우리 학급(클래스)의 교관 기사로 삼겠다니!"

앨빈이 시드에 관한 경위와 사정을 설명하고, 시드를 교관 기사로 맞이하고 싶다는 말을 꺼낸 뒤로 텐코와의 의논은 완전히 평행선이었다.

"무, 무슨 말을 하는 거야, 텐코!"

역시 그냥 듣고 넘길 수 없어서 앨빈이 조금 언성을 높였다.

"몇 번이나 말했잖아! 시드 경은 그런 사람이 아니야! 진짜 시드 경은—."

"항상 하는 그 얘기인가요?! 그런 건 당연히 거짓부렁이죠!"

"그, 그러니까, 그건—."

앨빈이 시드에게 매달리는 것 같은 눈길을 보냈다.

"시드 경도 뭔가 말해 주세요! 경은 그런 사람이 아니잖아요!"

"내가 악인이었는지 아니었는지 말이야?"

팔짱을 낀 시드는 재미있다는 듯 킥킥 웃었다.

"흠? 글쎄, 실제로는 어땠을까? 나는 잘 기억이 안 난단 말이지. 앨빈, 너는 어떻게 생각해?"

"시, 시드 경?!"

어째선지 얼버무리는 시드에게 앨빈이 따지려고 했을 때였다.

"정말이지, 여러분은 대체 뭐 하고 있는 건가요? 시드 경이 곤란해하고 있잖아요."

마치 꿈이나 환상처럼 아름다운 여성이 나타났다.

외관상의 나이는 열여덟이나 열아홉쯤.

파랗게 반짝이는 긴 머리카락, 맑은 마린블루색 눈. 뾰족한 귀. 피부는 신설처럼 희고 투명했고, 존안은 신역의 조각가가 인생을 바쳐 조각한 것처럼 정교하며 반듯했다. 요염한 육체는 여성으로서 과하지도 부족하지도 않은 완

벽한 황금 비율을 그리고 있었다.

우아한 몸매를 체면치레 수준으로 가리는 매우 얇은 드레스와 날개옷을 깃털처럼 걸쳐 전신에서 배어 나오는 신비로움은 감출 수가 없었다.

"얘기는 들었습니다. ……볼썽사나운 모습을 보여 드려서 죄송합니다."

질책을 받고 입을 다문 앨빈과 텐코 앞에서 여성은 시드에게 머리를 숙였다.

"그리고 이 아이를…… 왕자를 구해 주셔서 정말 고맙습니다. 어제는 마침 저도 텐코도 왕자 곁에 없었기에 정말로 위험했어요."

그러자.

"호오? ……너, 반인반요정족인가?"

시드는 뭔가를 그리워하듯 그렇게 물었다.

"네. 저는 《호반의 여인》의 당대 수장인 이자벨라. 성왕 아르슬과의 옛 맹약에 따라 이 나라를 수호하는 자입니다."

무례한 질문임에도 불구하고 여성— 이자벨라는 싱긋 웃으며 이름을 밝혔다.

이 세계에는 실로 다양한 인종이 있었다.

대표적인 인종을 들자면 인간족, 아인족, 거인족, 반인반요정족…… 등등.

반인반요정족은 빛의 요정신의 사도로 여겨지는 존재로,

사람보다 뛰어난 미모와 마나와 수명을 가진, 여성만 있는 신비한 일족이었다.

그런 반인반요정족 중에서도 성왕 아르슬과 맹약을 맺어 왕가와 왕국에 힘을 빌려주는 자들을 일컬어 《호반의 여인》이라고 했다.

"그런가. 왕가와 《호반의 여인》들과의 맹약도 아직 살아 있나 보네."

"어머, 과거의 기억이 모호하다고 들었는데 기억하고 계신가요?"

"그래, 부분적으로는."

시드가 텐코를 힐끔 보더니 유쾌한 얼굴로 이자벨라에게 물었다.

"그런데…… 지금 시대에 나는 그렇게 나쁜 말을 듣고 있는 건가?"

"그냥 나쁜 게 아니죠!"

그러자 텐코가 의기양양하게 끼어들었다.

"무자비하며 잔인무도! 약자를 괴롭히고, 여자를 범하고, 전장에서 무의미한 살육을 벌여 시산혈해를 만들었다는, 기사라고 할 수도 없는 악인! 전해 내려오는 《야만인》 시드의 악랄한 전설과 일화는 헤아릴 수가 없을 정도예요!"

그렇게 텐코가 단언하자.

"크큭큭……."

오히려 시드는 기쁜 듯 웃을 뿐이었다.

"뭐, 뭐가 그렇게 재밌어서 웃는 거죠!"

"아니, 너희가 전설이라고 부르는 시대에…… 우리 기사들은 후세에 이름을 남기고, 시인이 활약을 노래하는 걸 꿈꾸며 싸웠는데……."

대담하게 씩 미소 지은 시드가 텐코를 보았다.

"꿈이 이루어졌어."

"~~?!"

그 순간, 텐코의 얼굴이 분노로 새빨개졌다.

"기사라는 자가 악명과 악행을 자랑스러워하다니! 방금 알았어요! 나는 당신이 너무 싫어요! 전설 시대 최강의 기사인지는 몰라도, 저는 같은 기사로서 당신을 절대, 절대, 절~~대로 인정 못 해요!"

표표한 시드에게 텐코는 험악하게 따지며 다가갔다.

하지만 앨빈이 결심한 듯 표정을 다잡고서 둘 사이에 끼어들었다.

그리고 시드를 향해 힘 있게 말했다.

"저는 믿어요."

아주 강한 의지가 담긴 말이었다.

"호오?"

역시 어딘가 유쾌해 보이는 시드를 똑바로 올려다보고서 앨빈은 고했다.

“경이 자신에 관한 평가를 긍정하지도 부정하지도 않는 데에는 뭔가 이유가 있는 거죠?”

“……, ……글쎄?”

일순 말문이 막혔던 시드는 어깨를 으쓱이며 대답했다.

“단순히 과거를 깨끗이 잊어버렸을 뿐일지도 모르지.”

“그렇더라도. 저는 경이 나쁜 말을 들을 만한 사람이라는 생각이 안 들어요.”

“…….”

“시드 경은 어젯밤 절망 속에 있던 제 부름에 응답해 줬어요. 그리고 죽음에서 깨어나 저를 위해 싸워 줬어요. 저는 시드 경을 믿어요! 경이야말로 기사 중의 기사라고 믿어요!”

앨빈은 눈을 깜빡이는 시드에게 자신의 속마음을 똑바로 부딪쳤다.

“그리고, 그렇기에 경에게 가르침을 청하고 싶어요.”

얼굴을 들이밀 것 같은 앨빈의 기세에 시드는 눈을 깜빡였다.

앨빈은 분한 듯 자신의 손을 바라보았다.

“근래 활동이 활발해진 요마들과 북쪽 마국의 위협 때문에 백성들은 늘 불안을 품고 있어요. 지금 이 평화는 툭 건드리면 무너질 사상누각이에요…….”

“…….”

"언젠가 저는 이 나라의 왕이 될 거예요. 그때 저는 이 나라를, 백성을 온갖 고난으로부터 지켜야만 해요. 그래서 강해지고 싶어요. 저뿐만이 아니에요. 이 나라를 지키기 위해 모두가 강해져야 해요. 그러니까 부탁드려요! 우리의 교관이 되어 주세요! 단련시켜 주세요!"

그렇게 필사적으로 호소하고서 앨빈은 시드를 가만히 바라보았다.

앨빈은 믿을 수 있었다. 다른 사람들이 시드를 믿지 못해도, 캘바니아 왕가의 인간인 자신만큼은 시드를 믿을 수 있었다.

왜냐하면…….

"……."

그렇게 올곧은 마음을 눈에 담아 부딪치는 앨빈을.

시드는 한동안 가만히 마주 보았다.

그러다 이내 픽 웃으며 그리워하듯 말했다.

"아아. 역시 너는…… 닮았어. 그 녀석…… 아르슬과."

"……네?"

"이것 참, 조심해. 그렇게 간단히 사람을 믿다가는 그 녀석(아르슬)처럼 못된 여자에게 홀랑 속아 넘어갈걸?"

"네에에?!"

"그 녀석은 미남이었지만 여자운이 최악인 데다가 착해 빠졌었거든. 내가 붙어 있지 않으면 금세 여자 때문에 호된 일을 겪었어."

"뭐, 뭔가 지금, 위대한 선조님의 알고 싶지 않았던 못난 일면을 알게 됐는데요?!"

"하지만……."

시드는 앨빈의 머리에 손을 얹고 쓰다듬으며 말했다.

"……고맙다, 앨빈."

"아……."

앨빈에게 보내는 시드의 웃음은 한없이 다정했다.

"그렇게까지 말하는데 협력하지 않는다면 기사가 아니야. 어쩔 수 없지. 교관 기사는 나한테 맡겨."

"……으, 응……. 저야말로 고마워요……. 잘 부탁드려요……."

"이봐. 왕이 간단히 고개 숙이지 말라고 했잖아."

"그래도요."

앨빈은 진심으로 기쁜 듯 미소 지으며 대답했다.

그런 두 사람의 모습을 보고 있던 이자벨라가 쓰게 웃으며 옆에 있는 텐코를 보았다.

"……아무래도 결정된 것 같네요."

"으, 으으~~!"

텐코는 납득할 수 없다는 얼굴로 이를 갈 수밖에 없었다.

————.

—달이 없는 밤이었다.

왕도 캘바니아 남쪽 지구의 한 모퉁이.

랜턴을 든 채 인적 없이 한산한 뒷골목을 휘청휘청 걷는 남자가 있었다.

"크으~~! 딸꾹……."

남자— 이반 스타드는 왕도 캘바니아의 석공 길드에 소속된 실력 있는 장인이었다.

완고하지만 사부 기질이 있어서 아랫사람을 잘 챙기고 후진 육성에도 열심인 이반을 따르는 이는 많았다. 지금까지 일만 열심히 하며 살아온 탓에 결혼이 늦어져 이 나이가 되도록 줄곧 독신이었으나, 얼마 전에 마침내 젊고 아름다운 아내를 얻었다.

그야말로 만사형통한 인생. 모든 것이 충족된 행복한 나날이었다.

그래서 그는 까맣게 잊고 말았다. 인생은 한 치 앞이 어둠이라는 것을.

"어, 어라……?"

갈지자로 걷던 이반이 문득 알아차렸다.

원래 같았으면 아까 지난 사거리에서 오른쪽으로 꺾어 조금만 더 가면 예쁜 아내가 기다리는 집이 나와야 했다.

훤히 꿰고 있는 길이었다. 얼큰하게 취했어도 길을 잘못 들 리가 없었다.

그런데 오늘은 어째선지 막다른 골목이 나왔다.

"……뭐, 뭐지? 취했나……?"

어느새 주위에 짙은 안개가 자욱했다. 주변 풍경도 이상했다.

이 근방의 뒷골목이 이렇게 미로처럼 복잡하게 얽혀 있었던가?

이반은 한층 더 깨달았다. 막다른 벽에 뭔가가 적혀 있었다.

"이…… 이건 뭐야……?"

이반은 랜턴을 들어 벽을 비췄다.

마법진이었다. 벽에 삼각형(토라) 마법진이 그려져 있고 고대 요정어로 뭔가 주문이 적혀 있었다.

정면의 벽만 그런 게 아니었다. 좌우의 벽에도, 바닥에도 무수한 마법진이 겹겹이 그려져서 꺼림칙한 정경을 연출하고 있었다. 곳곳에 빈 부분이 있는 것을 보면 아무래도 이 마법진은 아직 미완성인 듯했다.

이반은 이것이 무엇을 의미하는지 몰랐지만.

"마, 마법…… 마법인가? 딸꾹, 그 왜…… 왕성의 반인반요정 누님들이 자주 쓰는 그거…… 딸꾹, 왜 이런 곳에……?"

그때였다.

"……잘 왔어요, 오늘 밤의 길 잃은 어린 양."

갑자기 아무런 조짐도 없이 으스스한 목소리가 이반의 귓가에 속삭였다.

뒤에서 뻗어 나온 손이 이반의 입을 살며시 막음과 동시에 푹. 이반의 등에서 타는 것 같은 작열이 튀었다.

검이었다. 이반의 등에 박혀 피로 물든 새빨간 검이 가슴을 뚫고 나와 있었다.

콰악! 가슴에서 요란하게 터진 피가 주위 마법진을 끈적하게 적셨다.

"—윽?!"

갑작스러운 사태에 아무것도 이해하지 못한 채.

이반은 소리조차 지르지 못하고 허무하게 생애를 마감했다.

"「달 없는 밤에 돌아다니지 말라」. 밤은 일종의 이계……사람이 아닌 자들이 꿈틀대며 발호하는 심연의 세계. 그래서 홀리는 거예요. ……저 같은 나쁜 마녀에게."

털썩 쓰러진 이반의 뒤에 마녀가 서 있었다.

칠흑색 로브로 온몸을 가린 마녀였다.

마녀는 숨이 끊어진 이반을 아무런 감흥도 없이 차가운 눈으로 내려다보고 있었다.

"하지만 안심하세요. 당신의 생명은 결코 헛되이 쓰이지 않을 거예요. 당신은 양분이 될 거예요. 위대한 고대 비술의 양분이…… 제물이 되는 거예요. **당신에게 바치는(기프츠유스) 것은 어린 양(램스)의 고기.**”

마녀가 고대 요정어로 뭔가 중얼거렸다.

그러자 마녀의 발밑에 아주 짙은 어둠이 늪처럼 퍼졌고…… 거기서 검은 그림자로 이루어진 손이 무수히 나와 이반의 시신을 잡고 어둠 속으로 가라앉혔다.

늪 속에서 으적으적 뭔가를 씹어 먹는 끔찍한 소리가 났다.

하지만 마녀는 어둠의 늪으로 끌려 들어가는 남자에게 조금도 관심을 보이지 않고 벽에 그려진 마법진에 손을 올렸다.

그리고 미완성 마법진을 이어서 그려 나가기 시작했다.

“이것도 조금만 더 있으면 완성이군요. 오래 고생한 만큼 감개도 기쁨도 한층 크네요……. 키득키득키득…….”

마녀는 마법진을 그려 나갔다. 음산하게 웃으며 그려 나갔다.

“오늘 밤 작업이 끝나면 그다음에는…….”

그리고—.

————.

캘바니아성 하층에 있는 캘바니아 왕립 요정기사 학교.

그곳은 몇 가지 학급으로 나뉘어 있었다.

무력과 명예를 숭상하는 뒤란데 학급.

지혜와 총명을 숭상하는 오르토르 학급.

법과 규율, 도덕을 숭상하는 앤서로 학급.

전통적으로 기사 학교의 학생들은 이 세 학급으로 나뉘어서 장래 기사가 되고자 기숙사에서 함께 생활하며 매일매일 단련과 공부에 힘썼다.

하지만 이번 학기부터 네 번째 학급이 신설되었다.

이름하여 블리체 학급.

다양한 이유로 다른 학급에 들어가지 못한 자들을 수용하는 곳으로, 다른 학급의 학생들에게는 「쓰레기통 학급」이라고 야유받는 열등 학급이었다.

성의 안뜰과 면한 작은 성관에 있는 그런 블리체 학급의 교실에.

"앨빈. 오늘부터 이 학급에도 교관 기사가 생기는 거지?!"

"응, 맞아."

종기사 정장을 입은 학생 여섯 명이 있었다.

오전 교련을 앞둔 시간에 학생들은 저마다 흥겹게 대화했다.

"앗싸! 이로써 마침내 우리도 본격적인 기사 수행을 할 수 있겠네!"

"그렇죠……."

짧은 갈색 머리 소년이 신나게 말하자 회색 트윈테일 머리의 소녀가 우울하게 대답했다.

“이 기사 학교에 입학한 지 벌써 반년…… 저희는 기본적으로 자율 훈련이고, 가끔 이자벨라 님이 짬을 내서 봐주실 뿐이었으니까요…….”

“그랬지. 3대 공작가의 압력으로 이 학급의 교관 기사를 맡아 주는 사람이 이제껏 한 명도 없었으니까.”

“하아…… 그래도 일국의 왕자가 재적한 학급인데…… 이 나라는 어둠이 깊어요.”

“뭐 어때! 어쨌든 교관이 생겼잖아!”

그렇게 갈색 머리 소년과 트윈테일 소녀가 이야기를 하고 있으니.

“앗, 저기, 그게…… 하지만! 저, 저는, 너무 무서운 분은 조금……!”

완만하게 웨이브진 아마색 머리를 가진 소녀가 겁먹은 얼굴로 말했다.

“무슨 소릴 하는 거야, 리네트! 우리는 기사가 될 거잖아! 우리를 단련해 줄 강한 녀석이라면 누구든 대환영이야! 그치?! 세오도르!”

갈색 머리 소년이 교실 구석을 보며 그렇게 말했다.

“흥, 별 기대는 안 돼.”

그러자 구석에서 비아냥이 들렸다.

일동의 시선이 모인 그곳에서 안경 쓴 소년이 턱을 괴고 다른 곳을 보고 있었다.

“검격이 낮고 사연이 있는…… 이런 낙오자가 모인 「쓰레기통 학급」에 오는 교관 기사라니, 멀쩡한 녀석일 리가 없잖아.”

“……윽. ……하, 하지만…….”

그래도 기대를 버리지 못하는 갈색 머리 소년에게.

“네, 세오도르의 말이 맞아요. 전혀 기대할 수 없어요.”

벽 쪽에서 팔짱을 끼고 있던 귀미인 소녀 텐코가 흥 콧방귀를 뀌며 내씹듯 말했다.

“그 교관 기사의 이름은 시드 블리체. 《야만인》 시드 경이니까요.”

“““““뭐? 시드?”””””

그 순간, 교실에 있는 학생들이 얼떨떨해했다.

“자, 잠깐만…… 《야만인》 시드 경이라니…… **그 유명한** 시드 경……은 아니지?”

“아하하, 그야 당연히 아니겠죠……. 아무튼 1000년 전에 죽은 사람이고…….”

“동성동명의 다른 사람 아닌가요?”

“나 참, 시드 경의 이름을 쓰다니, 낯짝이 아주 두꺼운 녀석이네.”

각자 저마다 납득하려고 했을 때.

“안타깝게도 전설의 시드 경 본인이에요. 1000년 만에

되살아난 모양이에요.”

텐코가 단호하게 현실을 알렸다.

“““““……. ”””””

한동안 침묵이 교실을 지배했고.

“뭐어어어어어어어어어어?! 그게 무슨 말이야?!”

“잠깐만요, 앨빈! 이, 이게 대체 어떻게 된 거죠?!”

별안간 시끄러워진 학생들의 시선이 일제히 앨빈에게 모였다.

“으, 으음…… 아하하…… 어디서부터 이야기할까……?”

그렇게 앨빈이 난처해하며 뺨을 긁적이고 있으니.

“그 이야기…… 저도 관심 있어요~.”

교실 입구 부근에서 느른한 목소리가 들려와 일동의 시선이 그리로 모였다.

화사한 금발, 피처럼 새빨간 눈, 하얀 피부. 숨을 삼키게 되는 미모의 소녀가 그곳에 서 있었다. 다른 학생들처럼 종기사 정장을 입고 있었다.

눈을 깜빡이는 학생들 앞에서 소녀는 작게 하품하더니 졸린 눈을 비비며 기운 빠지는 목소리로 인사했다.

“……흐암……「늘 그렇듯 다들 안녕하세요~.」”

그러자 앨빈은 어이없다는 얼굴로 한숨을 쉬며 말했다.

“지각이야, 플로라. 한참 전에 여덟 시 종이 울렸어.”

“어머나, 그런가요~? 죄송해요…… 저는 아침잠이 많아서…….”

“기, 기사가 되려고 하는 사람이 대체 무슨 태평한 소리를 하는 건가요! 당신, 입학한 뒤로 쭉 그러지 않았나요?!”

태평한 플로라의 태도에 텐코도 양쪽 허리에 손을 올리고 쓴소리했다.

“둘 다 참아. 이 녀석이 이러는 게 한두 번도 아니잖아?”

“맞아요. 플로라에게는 무슨 말을 하든 소용없을 거예요.”

다른 학생들도 저마다 그렇게 말하기 시작했다.

하지만 정작 플로라는 전혀 개의치 않고 생글거리며 학생들 사이로 와서 빈자리에 앉았다.

그리고 어딘가 장난스럽게 웃으며 깍지를 끼고 앨빈에게 이야기를 재촉했다.

“……그래서요? 그 소문의 시드 경이 어쨌는데요~?”

“아, 응. 얼마 전에 내가 암흑기사에게 습격받은 건 다들 이미 알고 있을 텐데, 그때 여러 가지 일이 있었거든…….”

못 말린다고 쓴웃음을 지으며.

앨빈은 천천히 시드에 관해 이야기하기 시작했다.

———.

“저, 정말로 《야만인》 시드 경이란 말이야……?!”

“전혀 예상할 수도 없는 일이에요……!”

“으아아아……! 무, 무서워요……!”

앨빈의 이야기가 얼추 끝나자 학생들이 전전긍긍했다.

“《야만인》 시드 경…… 기사라고 할 수도 없는 악인이라고 알려져 있지…….”

안경 쓴 소년이 살짝 얼굴을 굳히며 말했다.

“네, 그의 악랄한 일화와 전설은 헤아릴 수 없이 많아요.”

트윈테일 소녀도 조금 창백해지며 고개를 끄덕였다.

“제, 제가 들은 이야기에 따르면…… 시, 시드 경은…… 새로운 검을 시험해 본다면서 아무런 죄도 없는 마을 사람들을 다 죽였다던데……! 흐아아아……!”

아마색 머리 소녀가 덜덜 떨며 일화를 떠올렸다.

“그건 그나마 귀여운 편이야! 내가 듣기로는 전장에서 적을 100명 베고, 포로로 잡힌 여자를 아랫도리의 검으로 100명 벴다고 했어!”

갈색 머리 소년도 침을 꿀꺽 삼키며 말했다.

“너무 절륜하잖아……. 전설 시대의 기사는 괴물인가.”

안경 쓴 소년도 식은땀을 흘리며 신음했다.

“자, 잠깐만! 애들아, 실례야!”

앨빈이 뺨을 부풀리며 항의했다.

“시드 경은 그런 사람이 아니야! 진짜 시드 경은 기사 중의 기사야!”

“또 시작됐네요, 앨빈의 망상이.”

텐코가 기막히다는 듯 중얼거렸다.

"앨빈이 생각하는 시드 경은 왜 그렇게 세간의 일반적인 인식과 어긋나 있는 건가요?"

"그, 그건……."

앨빈은 반론하지 못하고 입을 다물고 말았다.

그런 앨빈에게 깊이 따지지 않고 텐코는 한숨을 쉬며 말했다.

"뭐, 그 얘기는 일단 넘어가고…… 시드 경, 늦지 않아요? 여덟 시 종이 친 지 꽤 지났을 텐데요. ……조금 있으면 아홉 시예요."

"그, 그러고 보니……."

앨빈이 고개를 작게 갸웃했다.

"으음…… 길을 잃은 걸까? 이 성은 마을처럼 넓으니까…… 역시 같이 올 걸 그랬나?"

"어쩔 건가요?"

텐코의 물음에 앨빈은 잠시 생각하고서 말했다.

"어쩔 수 없지. 소환하자."

"소환?"

앨빈은 오른손에 새겨진 검 문장을 모두에게 보여 줬다.

"이자벨라가 말하길, 지금 시드 경은…… 내 사역마 같은 입장인 것 같아. 그래서 강하게 염원하면 마법의 힘으로 불러낼 수 있다고 했어."

"펴, 편리하네……. 부르면 온다니."

"마치 기사와 요정검 같은 관계네요."

"검이 기사를 섬기듯, 기사가 왕을 섬긴다……. 그렇군, 절묘한 표현이야."

그러자.

"……흥."

학생들의 이야기를 듣고 텐코가 노골적으로 눈썹을 찌푸렸다.

어째선지 몹시 기분이 나빠 보이는 텐코의 모습에 쓴웃음을 지으며 앨빈은 손등이 위로 가도록 오른손을 내밀고 조용히 염원하기 시작했다.

'성왕 아르슬의 계보, 앨빈 노르 캘바니아가 염원하노니—.'

그 순간, 마나의 빛이 주위에 떠올랐다.

앨빈의 손등에 새겨진 문장이 열을 내며 빛났다. 둥실둥실 춤추던 빛의 입자가 바닥에 쏟아져 삼각형 마법진을 형성해 나갔다.

마나의 기운이 점차 고조되고.

일동의 눈앞에서 고대의 기적이 구현되었다.

"오, 오오……?"

그 자리에 있는 모두가 마른침을 삼키며 지켜보는 가운데.

'《섬광의 기사》 시드 경…… 나의 부름에 응답하여 내 앞에 모습을 나타내소서!'

앨빈은 강하게, 강하게, 시드를 불렀다.

"—바로 이곳에!"

그 순간, 바닥에 형성된 마법진이 번쩍! 빛나며.

일동의 시야를 일순 새하얗게 태웠고.

그리고— 그 빛이 사그라들자.

"3843! ……3844! ……3845! ……."

그곳에 시드가 나타나 있었다.

"……3846! ……3847! ……."

시드는 통나무 같은 쇠막대를 열심히 휘두르고 있었다.

막대를 들고, 호흡을 고르고, 기운을 가다듬고, 천천히 똑바로 치켜들었다.

어깨, 팔꿈치, 손목 순서로 힘을 매끄럽게 흘려 보내고, 한 발자국 내디디고, 날카롭게 기를 발산하면서 예리하게 내려치고— 잔심.

거칠면서도 세련된 휘두르기를 계속해서 반복했다.

시드의 휘두르기는 결코 작업이 아니었다. 동작 하나하나에 엄청난 집중이 담겨 있었다. 얼마나 오랫동안 몰두하고 있었는지 시드의 전신에서 폭포수처럼 땀이 흘렀다.

그 일련의 동작은 마치 무용처럼 아름다워서 언제까지고 바라볼 수 있었다.

하지만 유일한 난점이자 가장 큰 문제는…….

"……저기, 시드 경, 실례합니다……?"

앨빈이 미안해하며 그렇게 말을 걸자.

"3975! ……음? 앨빈?"

마침내 정신을 차린 시드가 휘두르기를 멈추고 앨빈을 돌아보았다.

"여긴……? 아, 이런. 혹시 이미 수업 시간인가?"

시드가 이마에 맺힌 땀을 닦고 가볍게 숨을 고르며 말했다.

"하하하, 미안. 옛날부터 뭔가 한 가지에 집중하면 다른 건 눈에 안 보이는 성격이라서."

"아뇨…… 그건 괜찮지만, 그보다도……."

"뭐 하고 있었냐고? 보다시피 검을 휘두르고 있었어. 전생소환의 영향인지 육체가 상당히 빈약해져서 말이야. 조금이라도 되찾으려고."

"아뇨…… 그것도 괜찮은데…… 왜……?"

새빨개진 얼굴을 숙이고, 어깨와 주먹을 부들부들 떨다가.

이윽고 더는 견딜 수 없다는 것처럼 앨빈이 외쳤다.

"왜 알몸인가요?!"

"음?"

그랬다. 앨빈이 지적한 대로…… 시드는 실오라기 하나 걸치지 않은 알몸이었다.

날씬하면서 군살 하나 없이 단련된, 마치 고대 조각상처럼 훌륭한 역삼각형 육체가 아낌없이 일동 앞에 드러나 있었다.

“…… .”

시드는 잠시 자신의 모습을 내려다보았고…….

“……휘두르기 훈련은 알몸으로 하는 거잖아? 상식 아닌가?”

“대체 어느 세계의 상식이죠?!”

앨빈은 새빨간 얼굴로 즉각 태클을 걸었다.

그리고—.

“이, 이이이, 이 변태애애애애애애애애!”

홍당무가 된 텐코가 빙글빙글 혼란에 빠진 눈으로 외쳤다.

그리고 발도. 바닥을 박차고 시드에게 돌진하여 왼손으로 검을 찔렀다.

“애, 애, 앨빈한테서 떨어져어어어어어어어어어!”

“……어이쿠.”

하지만. 시드는 육박하는 칼끝을 왼손으로 가볍게 잡고 물 흐르듯 몸을 오른쪽으로 움직여 찌르기의 궤도를 틀었다.

동시에 오른손으로 텐코의 목덜미를 잡으며 발을 걸어 바닥으로 넘어뜨려서— 몸에 올라탔다.

“꺄앙?!”

넘어지며 작게 비명을 지른 텐코의 양쪽 손발을 시드는 본인의 손발로 눌러 움직임을 완전히 봉쇄했다.

“이런. 나도 모르게 전장 대련술(레슬링)을 선보였네.”

시드는 깔아 눕힌 텐코를 내려다보며 말했다.

"하지만 텐코. 위험하잖아. 느닷없이 검으로 공격하는 건 좋지 않아. 내가 아니었다면 크게 다쳤을……."

그리고 실로 상식적이며 정당한 설교를 시작하려고 했지만.

"꺄악—! 싫어어어—! 사, 사사, 살려 줘어어어어—!"

벌거벗은 남자에게 깔려 움직이지 못하는 텐코는 그걸 들을 여유가 없었다. 울상이 되어 이성을 잃고 고개를 휘휘 흔들며 버둥버둥 날뛸 수밖에 없었다.

"저기…… 그만 풀어 주세요……."

그런 두 사람을 보고서 앨빈은 한숨을 쉬며 어깨를 떨굴 수밖에 없었고.

학생들은—.

"저, 저게 전설의 시드 경인가요……?!"

"꿀꺽…… 이 시대에 소환되어 바로 여자를 덮치다니…… 영웅호색이란 말이 딱 맞아……!"

"으아아아아! 저 사람, 단순한 변태 성범죄자예요!"

"이걸 보니 「전장에서 적을 100명 베며 아랫도리의 검으로 여자를 100명 벴다」라는 일화도 어쩌면 실화일지도 모르겠어……."

제멋대로 실컷 떠들고 있었다.

그리고 그런 혼돈한 광경을 앞에 두고서.

"우후후후…… 시드 경은 뭔가 재미있는 사람이네요~."

“하아, 플로라…… 너는 변함없이 마이페이스구나…….”

동요하지 않고 빙그레 미소 짓는 플로라에게 앨빈은 어이없다는 듯 그렇게 대답했다.

제3장 요정계

이 세계에는 사람이나 동물 같은 물질적인 생명이 사는 《물질계》와 요정이나 요마 같은 개념적인 생명이 사는 《요정계》라는 두 가지 세계가 존재했다.

《물질계》와 《요정계》는 이웃해 있으면서 겹쳐 있기도 했다. 말하자면 《요정계》는 이 세계의 이면이라고 할 수 있었다.

통상적으로 두 세계는 《장막》이라고 불리는 경계로 가로막혀 있어서 섞이지 않았다.

하지만 이 세계에는 《장막》이 모호하여 《물질계》와 《요정계》가 섞이는 장소— 《융계(融界)》가 많이 있었다. 실은 왕도 캘바니아가 존재하는 이 땅도 예전에는 그렇게 두 세계가 섞이는 《융계》였다.

캘바니아성은 뒤섞이는 《물질계》와 《요정계》를 나누기 위해 지어진 마법 건축물이었고, 성 자체가 《장막》 역할을 하고 있었다.

그렇기에 이 성에는 《요정계》로 가는 다양한 「입구」가 여기저기 존재했다.

지금 시드 일행 앞에 있는 안뜰의 연못도 그중 하나였다.

거기 존재하는 것만으로도 일종의 경계를 만들어 내는 물은 이계로 가는 가장 보편적인 입구였다.

"자, 그럼."

기사 차림을 한 시드가 분수 연못 안으로 뛰어들었다. 학생들도 그 뒤를 따랐다.

첨벙! 물기둥을 만들어 내며 시드 일행의 몸이 어두운 물속으로 잠겨 들어갔다.

눈을 뜨니 아래쪽에 빛이 보였다.

몸의 상하를 반전시켜 그 빛을 향해 깊이 잠수했다.

그러자 아래로 잠수하고 있을 텐데 밝은 수면이 점차 눈앞으로 다가왔다.

그 수면 밖으로 손을 내밀어 물가를 짚고 **물 위**로 얼굴을 쑥 내미니.

주위 풍경이 싹 바뀌어 있었다.

거대한 성의 모습은 거짓말처럼 없었다. 연못 주변에는 작은 들판이 펼쳐져 있고, 그 들판을 에워싸듯 햇빛에 반짝이는 녹색 수해가 펼쳐져 있었다.

훅 끼치는 풀냄새와 흙냄새. 지저귀는 새소리. 산들바람이 나뭇가지를 흔드는 소리. 들판에는 색색의 꽃이 흐드러지게 피었고, 작은 꽃 요정들이 화초 뒤에서 이쪽을 살피고 있었다.

연못에서 나와도 어째선지 몸은 젖어 있지 않았다. 모든 것이 이상한 공간이었다.

"여기 오는 건 오랜만이네."

요정계 1층《햇빛 수해》.

캘바니아 왕립 요정기사 학교의 훈련장 중 하나였다.

—그렇게 여차여차하여.

"그런고로, 오늘부터 이 블리체 학급의 교관 기사를 맡게 된 시드 블리체다. 앞으로 잘 부탁한다."

정렬한 학생들 앞에서 시드가 다시금 인사했다.

"근데 이 학급, 왜 내 이름이 붙어 있는 거야?"

"아~ 그게, 그건…… 여러 가지 이유가 있어서…… 설명하자면 긴데……."

시드의 의문에 앨빈은 애매하게 대답했다.

"흐응? 뭐, 좋아. 아무튼 이런저런 일이 있어서 앞으로 내가 종기사인 너희를 어엿한 기사로 단련해 줄 생각이다."

특별히 추궁하지 않고 시드는 일동을 똑바로 보며 진지하게 말을 이었다.

"생전에 나는 할 줄 아는 거라고는 싸움뿐인 남자였어. 왕에게 검을 바치고 왕의 검으로 존재했어. 보통 사람이 보기에는 매우 비틀린 모습이었겠지. 하지만 그런 삶을 산 나이기에 너희에게 가르쳐 줄 수 있어. 싸우는 힘, 싸우는 의미, 그리고— 무서움을."

"……."

"기사의—「그 힘은 선을 지지한다」. 악귀로 전락하더라도 해야만 하는 일이 있어. 기사가 된다는 건 그런 거야. 그래도 너희가 단순한 악귀가 되지 않고 자신의 검에서 의미를 찾을 수 있도록 나는 전력으로 지도하겠어. 힘뿐만이 아닌 기사의 혼을 말이지. 교련 내용이 힘들지도 모르지만 아무쪼록 따라와 줘. 잘 부탁한다."

그렇게 시드는 위풍당당하게 연설했다.

하지만 앨빈이 학생들을 힐끔 보니.

""""""……."""""""

플로라를 제외한 전원이 더러운 성범죄자를 보는 것 같은 눈으로 시드를 보고 있었다.

"훗, 소용없나. 뭐, 그럴 것 같긴 했어."

"그야 그렇겠죠. 무마할 수 있을 줄 알았나요?"

능청을 떠는 시드에게 부쩍 기분이 나빠 보이는 텐코가 성실하게 태클을 걸었다.

아무래도 앨빈의 기대와는 달리, 교관 기사로 온 시드의 위엄과 신뢰는 곧장 바닥으로 떨어진 것 같았다.

"으, 으음…… 앞날이 걱정되지만, 바로 교련을 개시하죠."

앨빈은 그렇게 시드를 재촉하며 다시금 블리체 학급의 동료들을 둘러보았다.

소꿉친구이자 친우이기도 한 귀미인 소녀 텐코. 요정검은 칼.

나긋나긋한 독특한 분위기가 있는 소녀 플로라. 요정검은 장검(롱 소드).

그야말로 귀족 아가씨 같은 트윈테일 소녀 일레인. 요정검은 한손반검(바스타드 소드).

푼수기가 있어 보이는 갈색 머리 소년 크리스토퍼. 요정검은 대검(클레이모어).

작은 동물처럼 쭈뼛거리는 아마색 머리 소녀 리네트. 요정검은 창.

딱 봐도 성격이 까다로울 것 같은 안경 쓴 소년 세오도르. 요정검은 소검(쇼트 소드).

앨빈 자신을 포함해 **총 일곱 명.**

외모도 무기도 제각각인 개성파 학생들이 모여 있었다.

"교련이라고 해도 뭐부터 시작할까. 으음, 내가 종기사였을 때는……."

학생들 앞에서 시드가 팔짱을 끼고 생각에 잠기자.

"그 전에 당신의 힘을 보여 주세요, 시드 경."

후방에서 매우 도전적인 말이 나왔다.

발언자는 당연히 텐코였다. 팔짱을 끼고 도발하듯 말했다.

"우리는 기사가 되기 위해 2년 후에 있을 「최종 시련」을 돌파할 힘을 길러야 해요. 가뜩이나 이 학급은 여러 가지 핸디캡이 있어요. 만약 당신의 교련보다 자율 훈련이 더 낫다면 당신과 짝짜꿍하고 있을 여유는 없어요."

"잠깐만, 텐코! 실례잖아."

앨빈이 황급히 텐코를 타일렀지만 텐코는 전혀 물러나지 않고 말했다.

"당신의 요정검과 요정마법을 보여 주시겠어요?"

그 부분은 다들 관심이 있는지.

앨빈을 제외한 모두가 흥미진진한 모습으로 시드에게 물었다.

"그러네요. 우선은 그걸 알고 싶어요."

"네! 기사의 힘은 요정검의 힘이라고 해도 과언이 아니니까요!"

"교관님은 전설의 기사잖아! 당연히 최강의 요정검을 가지고 있을 거야!"

학생들이 신나게 떠들기 시작했다.

시드의 요정검과 요정마법…… 그건 앨빈도 궁금했다.

'저번에 암흑기사와 싸울 때는 어째선지 쓰지 않았고…… 응, 모처럼 교관이 되어 주셨으니까 한 번쯤은 보고 싶어…….'

앨빈과 학생들이 기대에 찬 눈으로 시드를 바라보자.

시드는 당당히 말했다.

"응? 요정검? **나한테 그런 건 없는데?**"

"""""허?"""""

학생들의 얼굴이 어리벙벙해졌다.

"……예?"

앨빈도 멍하니 입을 벌렸다.

그런 학생들을 향해 시드는 어깨를 으쓱이며 이어서 말했다.

"너희도 요정검을 가진 기사라면 알잖아? 기사는 《호반의 여인》의 인도로 《검의 호수》에서 자신만의 요정검을 받아. ……그렇지?"

"예? 아, 네…… 저희도 이 캘바니아 왕립 요정기사 학교에 입학할 때 《검의 호수》에서 요정검을 받았어요."

"그, 그래…… 맞아. 《검의 호수》 바닥에 잠든 요정검들을 부르고, 응답해 준 검과 계약을 맺잖아. 나도 했어."

"그래서요? 그게 어쨌다는 거죠?"

미심쩍게 바라보는 텐코의 시선에 시드가 어깨를 으쓱이고 대답했다.

"나는 모든 검에게 차였어."

""""""……""""""

학생들은 일순 말을 잇지 못했다.

"네? 그 말은, 어떤 검도 시드 경에게 응답해 주지 않았다는 건가요?"

"아니…… 교관님, 역시 그건 농담이죠? 아무리 덜떨어진 기사도 한 자루쯤은 응답해 주는 검이 있을 텐데……."

"모든 검에게 차였어. 내게 응답해 주는 검은 한 자루도 없었어. 훗, 인기 없는 남자는 괴롭다니까."

시드가 장난스럽게 농담처럼 말했지만.

"""""……."""""

학생들은 기겁하며 그런 시드를 바라보았다.

시드에게 우호적인 앨빈도 동요와 현기증을 억누를 수가 없었다.

'거, 거짓말…… 저번에 암흑기사와 싸울 때는 뭔가 이유가 있어서 일부러 요정검을 안 쓴 건 줄 알았는데……!'

요정검이 없는 기사라니. 전혀 예상하지 못한 일이었다.

"어, 으음…… 교관님? 요정검이 없다면…… 그, 그럼, 어떻게 하죠?"

"기사가 요정검 없이 대체 어떻게 싸우겠다는 건가요……?"

마찬가지로 어이가 없어진 것 같은 학생들이 차례차례 던지는 질문에.

"음? 어떻게 할 것도 없이…… 딱히 요정검 같은 건 필요 없잖아?"

시드는 당당히 가슴을 펴고 선언했다.

"나 자신이 검이니까."

―그런 의미 불명인 내용을.

"""""……."""""

학생들은 다시 말문이 막혔다.

요정검의 힘이 곧 기사의 힘. 요정검이 없는 기사에게

대체 무슨 가치가 있다는 걸까?

그 순간, 앨빈을 제외한 학생들의 속마음은 훌륭하리만큼 일치했다.

즉—「아, 이 녀석 못 쓰겠네」.

"흥! 어울려 줄 수가 없네요!"

제일 먼저 정신을 차린 텐코가 콧방귀를 뀌며 고개를 돌렸다.

"요정검이 없다니, 아주 대단하신 전설의 기사님이에요! 이제 됐어요! 우리는 지금까지 그랬던 것처럼 알아서 훈련할 테니 돌아가 주세요!"

"무, 무슨 말을 하는 거야, 텐코!"

그런 텐코를 앨빈이 나무라듯 말했다.

"시드 경은 요정검이 없어도 아주 강해!"

"그, 그럴 리 없어요! 앨빈도 알잖아요! 기사의 강함은 요정검의 강함이에요!"

"그건 그렇지만……."

앨빈이 시드를 힐끗 보며 말했다.

"하지만…… 내가 얘기했잖아? 시드 경은 기사의 강함일 터인 요정검 없이, 나를 죽이려고 한 암흑기사한테 이겼어. 압도적으로."

""""""~~?!""""""

그 말을 들은 학생들의 얼굴에 경악이 떠올랐다. 학생들도 알고 있었다. 오푸스 암흑교단의 암흑기사는 다들 무시무시한 실력자임을.

빛의 요정신의 권속에게서 유래한 빨강, 파랑, 초록 요정검을 휘두르는 캘바니아 요정기사단과는 달리 암흑기사들은 어둠의 요정신의 권속에게서 유래한 검정 요정검을 휘둘렀다.

그 위력과 능력은 끔찍하면서도 강력하여, 가장 급이 낮은 암흑기사여도 웬만한 기사는 맞설 수조차 없을 만한 무력을 가지고 있었다.

그런데…….

"……오푸스 암흑교단의 암흑기사에게…… 이겼다고……?"

"마, 말도 안 돼……. 요정검도 없이 대체 어떻게……?"

기이하게 여기는 학생들의 시선이 시드에게 모였다.

"이제 알겠지? 요정검이 없어도 시드 경은 전설 시대의 기사야. 분명 우리가 배울 게 있을 거야!"

앨빈이 전적으로 신뢰하는 것처럼 시드를 변호하자.

"흐, 흥! 그 암흑기사가 아주아주 약했거나, 아니면 방심했던 거겠죠!"

텐코가 끝까지 물고 늘어지며 날카로운 눈으로 시드를 노려보았다.

"몇 번이고 말하겠어요! 기사의 강함은 기본적으로 요정검의 강함! 그렇잖아요?!"

"뭐, 부정하지는 않겠어. 내가 살던 시대에도 강한 기사는 대체로 요정검을 가지고 있었으니까."

텐코에게 몹시 적대당하는 시드가 머리를 긁적였다.

그러자 텐코가 의기양양하게 설명하기 시작했다.

"요정검은 그 이름대로 요정들이 검 모습으로 화신한 것. 사람의 좋은 이웃(굿 펠로)들이 사람에게 도움이 되고자 검이 되어 준 거예요.

모든 생명과 물질을 형성하는 힘— 마나. 요정은 그 마나가 자아를 얻은 존재. 즉, 요정검은 강대한 마나 덩어리라고 해도 과언이 아니에요.

그렇기에 요정검으로부터 마나를 공급받음으로써 사용자는 비할 데 없는 신체 능력 강화와 튼튼함, 자가 치유 능력을 얻는 거고요."

텐코가 시드의 허리에 매인 검을 힐끔 보았다.

"시드 경. 허리에 찬 그 검…… 뽑아서 들어 주시겠어요?"

"음? 좋아. 이렇게?"

시드가 검을 뽑아 한 손으로 들었다.

그 검은 성에서 지급한 것이었다. 품질은 좋지만 평범한 강철 장검이었다.

텐코는 요정검의 검명(劍銘)을 선언하며 허리에 찬 칼집에서 칼을 스르릉 뽑았다.

"빨강 요정검—《홍월(紅月)》."

텐코의 요정검은 완만하게 굽은 칼이었다.

크로스 가드와 그립의 모양, 장식은 서방식이지만, 도신의 표면과 조형은 동방의 칼이었다. 도신에 희미하게 나타나는 물결무늬는 마치 일렁이는 불꽃 같았다.

"호오?"

그 아름다움에 시선을 빼앗긴 시드 앞에서.

"**타올라라**(번니그)**, 검.**"

텐코가 고대 요정어로 검에게 말하자 칼날이 빨갛게 달궈지며 불꽃이 타올랐다.

작은 기합과 함께 텐코는 칼을 휘둘렀다.

챙강! 텐코의 칼과 부딪친 시드의 검은 잘려서 날아갔다.

"이런, 아깝게."

"빨강 요정마법【불꽃칼】이에요. ……흥, 이걸로 알았겠죠?"

텐코가 칼을 한 번 휘둘러 불꽃을 없애고 물 흐르는 것 같은 동작으로 칼집에 넣었다.

"요정검 사용자는 강력한 요정마법을 쓸 수 있어요. 그래서 요정검이 바로 기사의 강함이라는 거예요."

착…… 텐코의 칼이 완전히 칼집에 들어갔다.

텐코는 강한 거절 의지가 담긴 눈으로 시드를 보며 이어서 말했다.

"우리는 꼭 기사가 되고 싶어요. 그렇기에 요정검에 더 숙달하여 더 강한 요정마법을 써야 해요! 그런데 교관이 요정검을 안 가지고 있다니!"

"……."

"아무리 강해도 당신한테서 배울 것은 없어요! 돌아가 주세요!"

텐코가 날카롭게 외쳤다.

앨빈은 안절부절못하며 시드와 학생들을 번갈아 보았다.

그리고—.

"그, 그렇지…… 역시 요정검이 없어서야……."

"애초에 요정검 없이 강하다니…… 믿기 힘들어요."

"맞아…… 암흑기사를 해치웠다는 얘기도 의심스러워졌어……."

"앨빈…… 설마 얘기를 지어낸 건가요……?"

학생들이 유감스러워하며 차례차례 텐코에게 동조했다.

텐코의 말은 전혀 틀리지 않았기 때문이다.

학생들은 모두 더 강해지기 위해 강한 요정마법을 얻고 싶어 했다. 그래서 요정검을 잘 다루는 이에게 가르침을 받고 싶어 했다.

그런데 블리체 학급에는 그걸 가르쳐 줄 교관이 없었다. 상층부의 농간으로 지금까지 제대로 된 교관을 배정받지 못했기 때문이다.

그리고 마침내 온 교관은 요정검이 없는 기사였다.

역시 이 사람은 안 된다…… 학생들의 마음이 하나가 되려고 했을 때였다.

"하하하하하하하!"

어째선지 시드가 진심으로 유쾌하다는 듯 웃기 시작했다.

무슨 일인가 싶어서 학생들의 시선이 모이는 가운데, 시드는 재미있다는 얼굴로 말했다.

"강해지고 싶다고? 너희, 정말로 강해지고 싶은 거야? 아하하하하하!"

"뭐, 뭐가 그렇게 웃긴가요!"

"아니, 그렇잖아?"

화난 눈으로 사납게 말하는 텐코에게 시드는 크게 웃으며 도발하듯 대답했다.

"너희 말이야, 「우리는 요정검이 없으면 아무것도 못 해요! 좀 더 요정검에게 업혀 갈 방법을 알고 싶어요!」라고 당당히 선언하고 기사로서 부끄럽지 않아?"

""""~~?!""""

그런 시드의 지적에 학생들의 표정이 얼어붙었다.

"이, 이렇게까지 말했는데 못 알아들었나요?! 요정검이 기사의 강함이라고 설명했잖아요!"

"부정하지는 않겠어. 하지만 너희는 요정검이라는 조금 강한 무기를 소꿉장난하듯 휘두르며 센 척하고 있을 뿐이야. 바보 같아."

어이없다는 듯 어깨를 으쓱이는 시드의 말에.

"소, 소꿉장난이라고요……?"

텐코가 얼굴이 새빨개져서 부들부들 떨기 시작했다. 그리고—.

"취소해 주세요……! 취소해—!"

홧김에 검을 뽑아 시드에게 달려들려고 했고—.

"기, 기다려, 텐코! 진정해!"

그런 텐코를 앨빈이 허둥지둥 뒤에서 제압했다.

"놔 주세요! 이자는! 이자만큼은 용서할 수 없어요! 알지도 못하면서! 내가 어떤 마음으로 기사가 되려고 하는지 아무것도 모르는 주제에—!"

무엇이 역린을 건드렸는지 완전히 피가 거꾸로 솟은 텐코가 귀와 꼬리를 바짝 세우고, 눈물을 글썽거리고, 송곳니를 드러내며 시드를 노려보았다.

하지만 시드는 그런 텐코를 재미있다는 듯 바라보며 말했다.

"텐코. 하나 물어봐도 될까?"

"뭐죠?!"

"네 요정검의 검격은?"

"……?!"

그 순간, 벼락을 맞은 것처럼 텐코가 굳었다.

"너희가 왜 기사가 되고 싶어 하는지는 묻지 않겠어. 하지만 요정검만 의지해서는 요정검보다 강해질 수 없어. 검격이 그대로 너희의 한계가 되는 거야."

텐코의 표정이 분노에서 일변하여 좌절에 잠겼다. 멍하니 넋이 나가 고개를 숙였고, 귀와 꼬리가 힘없이 축 처졌다.

시드의 말은 다른 학생들에게도 영향을 줬는지 다들 하나같이 입을 다물어 버렸다.

"그, 그럼……! 그렇다면……!"

이윽고 텐코는 뭔가를 깨물어 부수듯 이를 갈고서 고개를 들더니 당장에라도 물어뜯을 것 같은 눈으로 시드에게 검을 겨눴다.

"그렇게까지 말한다면 대련해 주세요!"

"음? 대련? 왜?"

"당연하잖아요! 우리를 이렇게나 모욕했어요! 그럼 보여 주세요. 요정검 없이 그렇게 큰소리칠 수 있는 당신이 얼마나 강한지를! 결투예요!"

그런 텐코의 선언에 일동 사이로 긴장감이 감돌았다.

"테, 텐코…… 너 대체 무슨 소리를……?! 그건 안 돼!"

"앨빈은 가만있어요! 이렇게 무시당하고서 잠자코 있을 수는 없어요! 자, 전투태세를 갖추세요! 먼저 공격에 성공한 사람이 이기는 거예요!"

텐코가 칼을 들었다. 그 칼끝 앞에서 시드는 여유롭게 서 있었다.

학생들은 조마조마한 마음으로 상황을 지켜보았다.

하지만 동시에 어떤 기대도 있었다.

앨빈이 데려온 시드라는 남자. 정말인지 아닌지 모르겠으나, 전설 시대 최강의 기사로 평가받는 남자이자 암흑기사도 손쉽게 물리쳤다는 남자.

만약 그게 진실이라면 텐코와의 일전으로 모든 것이 밝혀지리라.

하지만.

"흐암~."

시드는 그런 학생들의 기대를 배반하듯 크게 하품하더니.

훌쩍 뛰었다.

"어?!"

시드는 아득히 높은 곳에 있는 나뭇가지를 한 손으로 잡아 몸을 빙글 돌리고 그 가지 위에 드러누웠다. 그리고 이렇게 말했다.

"잘래. 오늘은 적당히 평소 하던 훈련을 하도록."

"뭐……."

일순 무슨 말을 들었는지 모르겠다는 얼굴로 텐코가 멍해졌고…….

"뭐, 뭐뭐뭐뭐, 뭐라고요?! 도망치는 건가요?! 무시하는 건가요?! 내려와요! 승부하자고요! 승부, 승부, 승부!"

"말이 승부지, 먼저 공격에 성공하면 이기는 거라며? 그럼 무리야. 지금 너는 너무 약해서 잘못하면 죽일 거야."

시드가 진심으로 미안하다는 듯 머리를 긁적이며 말했다.

모욕하려는 의도가 전혀 없기에 더더욱 짜증 나는 말이었다.

“하아?!”

“미안…… 봐주는 것도 한계가 있거든. 정말로 미안.”

“우, 우, 웃기지 마아아아아아아아! 아악~~~~!”

텐코는 얼굴이 새빨개져서 소리를 질렀지만 정작 시드는…….

“드르렁…… 드르렁…… 드르렁…….”

바로 잠들어서 고른 숨을 내쉬고 있었다. 텐코 따위 전혀 안중에 없다는 느낌이었다.

그런 시드의 대응에 학생들은 뭐라 말할 수 없는 미묘한 눈으로 시드와 텐코를 지켜보았다.

“하아…… 앞길은 험난하네…….”

그 모습을 보고 앨빈은 한숨을 쉴 수밖에 없었다.

――――.

“크오오오오오오오오—!”

쇄도한다, 쇄도한다, 쇄도한다.

그림자처럼 새까만 개 요마— 흑요견(黑妖犬)(블랙독)이 피에 굶주린 적안을 형형히 빛내며 야성적인 몸을 유연하게 약동시켜 쏜살같이 쇄도했다.

그 예리한 이빨과 발톱을 사냥감의 목에 박고자 단숨에 도약했고—.

번니그

"하아아아아아앗! **타올라라, 검**!"

그것을 요격하는 텐코가 날카로운 기백과 함께 움직였다.

질풍처럼 달려가 재빠르게 움직이는 손, 화려하게 연동하여 옆으로 회전하는 상반신.

칼집에서 뽑힌 칼이 폭발적으로 가속. 한일자로 그어진 궤도는 음속에 달했다.

발도술. 동방의 검술이었다.

거기에 빨강 요정마법 【불꽃칼】이 더해져 검의 궤도가 붉게 타올랐다.

염도(炎刀)는 쏜살같이 쇄도하는 흑요견을 정확하게 상하로 양단했고—.

흑요견은 단말마의 울음소리를 내더니 검은 안개 같은 물질로 분해되어 소멸했다.

찰나, 오른쪽에서 또 다른 흑요견이 달려들었다.

그 이빨이 텐코의 목으로 다가왔고—.

익스플래드

"……후! **터지고 부서져라**!"

텐코는 고대 요정어로 검에게 말하며 왼발을 축 삼아 회전. 칼날로 이빨을 막았다.

칼날과 이빨이 맞물린 순간— 폭발.

영거리에서 갑자기 터진 화염과 폭압이 흑요견을 가차 없이 날려 버렸다.

빨강 요정마법【폭검(爆劍)】— 칼날과 접촉한 상대를 일방적으로 폭파하는 요정마법이었다.

온몸에 불똥을 휘감은 텐코가 방심하지 않고 잔심 상태에 들어갔다.

그 손에 들린 빨강 요정검에서 끊임없이 마나가 공급되었고, 마나가 충실한 몸은 깃털처럼 가벼웠으며, 감각은 예민하게 곤두서 있었다.

하지만—.

"아아, 진짜! 그 사람 뭐냐고요!"

텐코의 심사는 아까부터 잔뜩 뒤틀려 있었다.

"진정해, 텐코."

휘잉! 앨빈이 온몸에 세찬 바람을 두르고서 맹렬한 속도로 돌진하여 그대로 날카롭게 검을 찔렀다.

앨빈의 검이 공격을 피하지 못한 흑요견의 옆구리를 뚫으면서 또 한 마리가 검은 안개 같은 물질로 분해되어 소멸했다.

앨빈이 들고 있는 것은 초록 요정검이었다.

그리고 조금 전에 쓴 마법은 세찬 바람으로 자신을 밀어 가속하는 초록 요정마법【질풍】이었다.

"이 주변에 강한 요마는 없지만, 그런 상태로는 밀릴지도 몰라."

"으으으으……."

현재 앨빈 일행은 1층의 수해에서 평소처럼 요마를 사냥하고 있었다.

요정검처럼 사람의 「좋은 이웃」으로서 힘을 빌려주는 요정들이 있는가 하면, 사람에게 적의를 드러내며 위해를 가하는 「못된 이매망량(언실리 코트)」이 된 요정들도 있었다.

요마라고 불리는 것들이 그러했다.

요정계가 요정의 거처라면 당연히 요마의 거처이기도 했다.

내버려 두면 물질계에 진출하여 사람을 덮치는 요마들을 정기적으로 토벌하여 사고를 미연에 방지하는 것도 기사들의 중요한 일이었다.

깊은 층으로 갈수록 출현하는 요마도 기하급수적으로 강력해지지만, 정식 기사 서훈을 받지 못한 학생들이 맡는 것은 주로 요정계 1층이었다. 위험도는 높지 않았다.

그렇다고는 해도 요정검이 없는 일반인에게는 1층의 저급 요마조차 만나는 순간 죽음을 각오해야 하는 위험한 존재였다. 결코 방심할 수 없는 상대지만…….

"역시 1층 녀석들에게는 이제 밀리지 않네요."

텐코가 숨을 내쉬며 수해를 둘러보았다.

똑같이 흑요견을 소탕하는 블리체 학급의 학생들이 있었다.

크리스토퍼, 일레인, 리네트, 세오도르, 플로라…… 다들 요정검과 요정마법을 사용해 수월하게 흑요견을 한 마리씩 잡고 있었다.

이윽고 앨빈 일행 앞에 나타났던 흑요견 무리는 완전히 소탕되어 평온이 찾아왔다.

"이쪽은 끝났어, 앨빈."

"이쪽도요."

크리스토퍼와 일레인이 여유롭게 다가왔다.

"흐, 흐에에…… 무, 무서웠어요……."

"흥."

"어머나~ 다들 수고했어요~."

리네트, 세오도르, 플로라도 각각 담당했던 요마를 처리하고 돌아왔다.

"좋아. 계속 싸우느라 다들 지쳤지? 잠시 쉴까."

학급장이기도 한 앨빈이 근처 그루터기에 앉아 그렇게 제안하니.

"그래…… 그러자."

"네, 그래요."

학생들은 석연찮게 대답하고 입을 다물었다.

"다들 왜 그래?"

앨빈이 이상하다는 얼굴로 물었다.

"아니…… 그, 뭐냐……."

"우리는…… 이 상태로 정말 강해질 수 있을까요?"
앨빈은 친구들이 왜 이렇게 침울한지 이해했다.
「검격이 그대로 너희의 한계가 되는 거야.」
아마도 아까 시드가 한 말이 계속 마음속에 남아 있어서 그럴 것이다.
다들 어렴풋이 눈치채고 있었다. 지금 이대로 수행을 계속하더라도 아마 자신들은—.
"무, 무슨 소릴 하는 거예요!"
그렇게 나약해진 학생들을 텐코가 질타했다.
"우리는 지금까지 다 같이 노력해 왔잖아요! 처음에는 고전했던 1층의 요마들도 최근에는 상당히 편하게 해치우게 됐어요! 이대로 수행을 계속하면 분명 우리도 더 강해질—."
"수 없을걸?"
텐코의 열띤 말에 찬물을 끼얹는 말이 내려왔다.
고개를 드니 언제 왔는지 시드가 다리를 꼬고 나뭇가지에 앉아서 사과를 먹으며 학생들을 내려다보고 있었다.
"역시 너희는 지금이 한계야. 이 상태로는 이 이상 강해지지 않아. 포기해."
"시드 경……!"
텐코가 얼굴을 붉히고 시드를 사납게 올려다보았다.
"아무렇게나 말하지 마세요! 당신이 대체 뭘 안다고 그래요?!"

"알지. 조금 전에 너희가 싸우는 걸 보고 확신했어. 검술은 그래도 수련할 여지가 있지만, 요정검을 쓰는 기사로서는 한계점에 달했어."

"역시 깔보고 있는 거군요……?!"

물어뜯을 듯, 미워 죽겠다는 듯 텐코가 시드를 노려보았다.

하지만 뜻밖에도 시드는—.

"아니? 오히려 감탄하고 있는데?"

구김살 없이 씩 웃으며 그렇게 말했다.

"예?"

"요정검에 전적으로 의지하고는 있지만, 다들 혼자 힘으로 용케 그 수준에 이르렀어. 너희는 정말로 기사가 되고 싶은 거구나. 특히……."

시드가 텐코를 빤히 내려다보았다.

"뭐, 뭐죠?"

"텐코. 요정마법은 차치하고, 너의 검술은 **아름다워.** 이토록 아름다운 검술을 쓰는 자는 전설 시대에도 많지 않았어."

시드가 진심으로 감탄했다는 듯 말했다.

"흐에?!"

"검술에는 마음이 반영돼. 아마 뭔가 소중한 것을 지키기 위해 강해지겠다는 일념으로 너는 줄곧 필사적으로 단련했겠지. 비가 오나 눈이 오나. 훗…… 솔직히 반했어. 너의 검에 말이야."

"무, 무, 무슨……?! 바, 반했……?!"

얼굴이 발그레해져서 허둥거리는 텐코를 내버려 두고.

시드는 다 먹은 사과를 휙 버리더니 가지에 누워 다시 눈을 감았다.

"시드 경?"

"다시 잘래. 너희의 실력과 과제는 대충 알았어. 오늘은 1층에서 적당히 보내도록 해. 내일부터 이것저것 가르쳐 주지."

앨빈의 부름에 시드는 그렇게 무책임한 말을 내뱉고 순식간에 다시 잠들어 버렸다.

"뭐, 뭐, 뭔가요, 저 사람……!"

위에서 들려오는 코 고는 소리에 텐코가 이를 갈았다.

"무슨 생각을 하는지 전혀 모르겠어요! 애초에 뭘 가르치겠다는 거죠?!"

"으음……?"

그 의견에는 역시 동의하는지 앨빈도 말끝을 흐렸다. 가지 위에서 태평하게 자는 시드를 복잡한 얼굴로 바라볼 수밖에 없었다.

"그래서 지금부터 어떡할 건가요?"

그런 앨빈에게 일레인이 물었다.

"오늘은 이대로 1층에서 계속 요마를 소탕하나요?"

"음, 어쩔까……."

앨빈이 휴식 후의 훈련 방침을 생각하던 그때였다.

"거참 쫑알쫑알 시끄럽네. 「쓰레기통 학급」은 여전해."

사람을 깔보는 것 같은 목소리가 앨빈 일행 뒤에서 들렸다.

"너희는……."

앨빈이 돌아보니 금발 소년을 선두로 종기사 학생 몇 명이 수해 안쪽에서 줄줄이 나타났다.

다만 가슴에 달린 휘장이 앨빈 일행의 용 문장과는 달랐다. 사자 문장이었다.

"으엑."

"칫…… 뒤란데 학급……!"

갈색 머리 소년 크리스토퍼와 세오도르가 즉각 경계하며 몸을 긴장시켰다.

학생들이 쓰는 빛의 요정신의 요정검에는 삼색 속성이 있었다.

열과 화염을 관장하는 《불》— 빨강 요정검.

물과 변화를 관장하는 《물》— 파랑 요정검.

대자연의 힘을 관장하는 《나무》— 초록 요정검.

캘바니아 왕립 요정기사 학교는 신설된 블리체 학급을 제외하면 검의 색깔별로 학급이 나뉘었다.

빨강 요정검을 쓰는 자들로 구성된 뒤란데 학급.

파랑 요정검을 쓰는 자들로 구성된 오르토르 학급.

초록 요정검을 쓰는 자들로 구성된 앤서로 학급.

그리고 각각이 요정기사단 내부의 뒤란데 공작가 파벌, 오르토르 공작가 파벌, 앤서로 공작가 파벌을 형성했다.

공격적인 요정마법이 특기인 빨강 요정검의 뒤란데 학급은 세 개의 전통 학급 중에서 가장 무투파였다.

"그런데 앨빈? 너는 언제까지 검격이 낮은 낙오자들을 모아서 골목대장 노릇을 하려는 거야? 하긴, 너도 검격이 낮은 낙오자였지?"

"……가트!"

금발 소년― 가트의 말에 앨빈이 날카로운 표정으로 노려보았다.

"하급 검격의 요정검에게만 선택받은 너희는 원래 어느 학급에도 들어갈 수 없어. 일반 병과행이지만…… 네가 블리체 학급이란 걸 새로 만들었지."

"그렇게 기사 서훈을 받아서 이 나라의 왕이 되고 싶어?"

"그렇게 왕이 되고 싶으면 얌전히 3대 공작가 중 하나에 붙어서 학급에 들여보내 달라고 하면 될 텐데 말이야."

"키득키득키득…… 꼴불견이야!"

뒤란데 학급 학생들의 모멸과 조소가 차례차례 앨빈을 덮쳤지만.

"……."

앨빈은 그저 묵묵히 그것을 받아들일 뿐이었다.

"젠장…… 터진 입이라고 멋대로 지껄이지……."

그리고 블리체 학급의 학생들도 그 굴욕을 견딜 뿐이었다. 아무런 반론도 할 수 없었다. 만약 이 자리에서 뒤란데 학급과 난투가 벌어져도 승산이 없기 때문이다.

요정검에는 높은 순으로 신령위(아칠루트), 정령위(브리아), 위령위(예치라), 지령위(아시야)라는 검격이 존재했다.

강대한 힘을 가진 고대 요정이 화신한 강력한 검일수록 당연히 검격이 높았고, 다룰 수 있는 요정마법의 위력도 강력했다.

하지만 어떤 검격의 검이 자신을 선택할지는 본인의 선천적인 자질과 상성에 달려 있었다. 그리고 기본적으로 검격의 차이는 절대적인 벽이었다.

각 전통 학급에 들어갈 수 있는 조건은 위령위 이상의 검을 가질 것.

블리체 학급은 입학시험 때 지령위 검에게 선택받아 탈락된 낙오자들의 수용소였다.

"어이쿠, 너희랑 얘기할 시간은 없었지, 참. 우리는 지금부터 2층에서 요마를 퇴치할 거거든. 그리고 오늘은 3층에도 살짝 가 볼 거야."

"2층? 거기다 벌써 3층이라고?"

앨빈이 놀라서 눈을 깜빡였다.

요정계는 층이 하나 올라갈 때마다 출현하는 요마가 기

하급수적으로 강해졌다.

그리고 3층의 요마와 싸울 수 있다면 어엿한 기사라고 여겨졌다. 즉, 1층에서 겨우 활동 중인 앨빈과 가트는 이미 그만큼 차이가 난다는 뜻이었다.

"그래. 뭐, 우리라면 여유롭지. 지금 여기 있는 멤버의 검격은 전부 정령위니까."

가트는 그의 정령검인 도끼를 과시하며 업신여기듯이 웃었다.

"하하하, 지령위 검격의 송사리들은 이 1층에서 계속 사이좋게들 지내라고. 그럼 이만!"

그렇게 내뱉고서.

뒤란데 학급 학생들은 수해 안쪽으로 갔다.

"……."

앨빈은 그 모습을 지켜보고 한숨을 푹 쉬었다.

그리고 자신의 요정검을 뽑아 빤히 바라보았다.

초록 요정검 《여명》— 요정 검격 지령위.

그랬다. 지령위. 캘바니아 왕가는 대대로 최고위인 신령위에게 선택받았는데 앨빈은 어째선지 최하위인 지령위였다.

다른 왕위 계승 후보가 있다면 기사 서훈을 받아 왕위를 잇는 것을 포기하면 된다. 다른 왕위 계승 후보에게 왕위를 양보하면 된다.

하지만 지금은 앨빈밖에 없었다. 왕위를 이을 수 있는

사람은 자신뿐이었다. 이 나라를 지킬 수 있는 사람은 자신뿐이었다.

그래서 앨빈은 여러 가지로 무리해서 블리체 학급이라는 네 번째 학급을 신설하여 지금까지 필사적으로 노력해 왔지만…….

'역시 무모한 일일까…… 검격의 차이를 뒤집는 건…… 내가 왕이 되는 건…….'

학기가 시작된 후로 다른 학급과의 차이는 벌어질 뿐이었다.

제대로 가르쳐 줄 교관이 없기도 했지만, 역시 가장 큰 문제는 결국 검격일 것이다.

왜냐하면 요정검의 강함이 곧 기사의 강함이니까.

앨빈이 그렇게 한숨을 쉬고 있으니.

"앨빈. ……우리도 2층에 도전해요."

텐코가 앨빈에게 그런 제안을 했다.

"뭐?"

"뒤란데 학급 사람들은 검격의 차이가 곧 절대적인 실력 차이라고 여기는 것 같지만…… 저는 그렇게 생각하지 않아요. 노력하면 반드시 그 차이를 뒤집을 수 있을 거예요!"

그리고 텐코는 일동을 돌아보았다.

"실제로 우리는 지금까지 노력해서 1층의 요마는 대부분 편하게 해치우게 됐잖아요! 계속 이대로 하면 2층의 적도, 3

층의 적도 해치울 수 있어요! 그러니까 도전해 봐요, 앨빈!"

그런 텐코의 호소에.

"마, 맞아……! 우리도 지금까지 노력했어……!"

"네, 그런 말을 듣고 가만있을 순 없어요. 저희도 마음만 먹으면 할 수 있다는 걸 가르쳐 주기로 하죠."

"흥. 물러날 때를 오판하지 않는다면 문제없겠지."

크리스토퍼, 일레인, 세오도르도 의욕적으로 반응했다. 뒤란데 학급 학생들에게 아무런 대꾸도 못 한 것이 아무래도 상당히 참기 힘들었던 모양이다.

시드의 무신경한 발언에 대한 반발심도 있을 것이다.

"네에에에? 다들 진심인가요?!"

"어머나, 이것 참."

다만 리네트는 소극적이었고 플로라는 평소와 똑같았다.

"리네트, 너 기사가 되고 싶지 않아?!"

"그, 그야……."

"2층과 3층의 적을 여유롭게 돌파하지 못한다면 기사 서훈이 걸린 최종 시련은 절대 돌파할 수 없어! 슬슬 우리도 다음 단계로 가야지!"

크리스토퍼의 주장에는 일리가 있었다.

캘바니아 왕위 요정기사 학교를 졸업하고 정식으로 기사 서훈을 받으려면 최종 시련을 돌파해야 했다. 이것을 돌파하지 못한다면 기사가 될 수 없었다.

즉— 앨빈도 왕이 될 수 없다.

이 나라는 3대 공작가의 손에 넘어가 버린다.

"……알았어."

앨빈은 고개를 끄덕였다.

"언제까지고 1층에서 어물대고 있을 순 없지. 오늘은 다 같이 2층의 적에게 조금 도전해 보자."

"네! 그렇게 나와야죠!"

앨빈의 결정에 텐코가 꼬리를 살랑살랑 흔들며 고개를 끄덕거렸다.

"위계가 낮은 검으로도 기사로서 싸울 수 있다는 걸 증명하겠어요."

"좋아, 해치워 주겠어!"

둘러보니 리네트가 약간 울상이었지만 일동의 기합은 충분한 것 같았다.

"응. 그럼 바로 출발하고 싶은데……."

앨빈은 위쪽을 힐끔 보았다.

"드르렁…… 드르렁…… 드르렁……."

나뭇가지 위에 누운 시드가 크게 코를 골며 자고 있었다.

아까 일행이 나눈 대화를 전혀 눈치채지 못한 것 같았다. 슬그머니 나무를 타고 올라가면 그대로 암살할 수 있을 것 같은 무방비한 모습이었다.

'으음…… 처음 만났던 그 폭풍우 치던 밤이 뭔가 꿈같네.'

앨빈이 그렇게 쓴웃음을 짓고 있으니.

"시드 경은 내버려 두죠."

텐코가 그렇게 속삭였다.

"괜히 말했다가 못 가게 하면 귀찮아요. 괜찮아요. 위험하다 싶으면 바로 돌아오면 되니까요."

"……그래."

마치 속이는 것 같아서 살짝 죄책감을 느끼며.

"좋아, 그럼 다들 가자. 목표는 2층이야."

앨빈 일행은 시드를 두고 슬며시 출발했다.

————.

2층을 향해 수해 안을 이동하며 앨빈과 텐코가 이야기했다.

"지도에 의하면, 곧 있으면 2층이야."

"그러네요. ……좀이 쑤셔요."

"실제로 우리의 힘이 2층의 요마들에게 통할까?"

"책으로 읽은 바로는…… 2층에 출현하는 요마라면 통할 거예요. 1층처럼 편하지는 않겠지만요."

"어쨌든 방심은 금물이야. ……널 믿어, 텐코."

"네! 맡겨 주세요! 나는 앨빈의 기사니까요!"

선두에 선 두 사람이 그렇게 이야기하고 있을 때.

그 모습을 지켜보던 **그 인물**은 흡족하게 웃으며 몰래 주문을 외우고 있었다. 그 자리에 있는 누구에게도 들리지 않도록 고대 요정어로 주문을 외우고 있었다.

"오라(컴), 오라(컴), 오라(컴), 나의 세 번의 부름에(플레제 앤스 스레이 코른) 응답하라. 그대의 이름은(유네메)……."

그리고—.

————.

요정계의 구조를 설명할 때, 흔히 『쌓아 올린 금화』라고 비유한다.

금화 하나하나가 광대한 부지를 자랑하는 요정계의 각 층이었다.

다만 이 금화는 가운데에 구멍이 뚫려 있고 그곳에는 늘 깊고 농밀한 안개가 끼어 있었다. 이 구멍이 바로 위층으로 가는 입구였다.

실로 기묘하게도 이 가운데 구멍은 위쪽 금화의 외곽과 인접해 있었다. 평범한 사람들이 사는 물질계에서는 물리적으로 절대 있을 수 없는 이야기라 상상하기 어렵지만, 이것이 바로 사람의 지식을 넘어선 이계의 법칙이었다.

요컨대 각 층의 중심으로 가면 위층에 도달했다. 물론 다양한 지형 제한과 예외도 있어서 무조건 그렇다고 할 수는 없지만, 기본적으로는 중심으로 가면 위층에 도달하는—

그런 구조였다.

"안개가 끼기 시작했네요."

"슬슬 1층의 중심에 온 모양이야."

햇빛과 녹음이 가득한 1층의 수해를 나아가니 점차 주변에 안개가 끼기 시작했다.

"동료를 놓치지 않도록 다들 가까이 붙어!"

일동은 앨빈의 호령하에 하나로 뭉쳐서 천천히 나아갔다.

그러는 동안에도 하얀 안개는 점차 짙어지고 짙어져서…….

이윽고 우유 바다 속에 있는 것 같다는 착각이 들 만큼 주변이 새하얘졌다.

이제 바로 옆에 있는 동료의 얼굴조차 보이지 않았다.

"다들 괜찮아?"

"으, 응, 그럭저럭……."

그래도 서로 말을 걸고 격려하며 나아가니.

갑자기 안개가 사라지고— 주변 풍경이 싹 바뀌었다.

조금 전까지 있었던 1층은 햇빛이 쏟아지는 꽃과 풀이 가득한 수해였다.

하지만 지금 수해의 농도는 1층과 비교도 되지 않을 만큼 농밀하고 압도적이었다.

주위에 늘어선 수목들은 두꺼웠고 일단 키가 컸다. 수직으로 올려다봐야 할 만큼.

무수한 나뭇가지와 잎이 하늘을 완전히 가리고 있었다.

햇빛은 거의 차단되어서 주변은 동트기 전처럼 어두웠다. 가끔 농밀한 나뭇가지를 뚫고 들어온 가느다란 햇살이 축축하게 이끼 낀 지면에 점점이 빛의 흔적을 남겼다.

1층과는 전혀 다르게 고요했다.

수해가 깊어 얼마 못 간 앞쪽에 어둠이 짙게 펼쳐져 있었다.

요정계 2층《어스름 수해》.

1층에서 자신감을 얻은 종기사들을 좌절시키는 두 번째 시련장이었다.

“다들 있지? 방심하지 말고 가자.”

이리하여 앨빈 일행은 2층 탐색을 개시했다.

———.

“키케케케케케케케케!”

귀에 거슬리는 웃음소리가 수해에 울려 퍼졌다.

그 목소리의 주인은 키가 작은 이형의 노인이었다. 꺼림칙한 긴 머리카락, 타는 것 같은 빨간 눈, 길쭉한 매부리코, 돌출된 이빨, 갈고리 같은 손톱. 빨간 모자를 쓰고 녹슨 도끼를 휘두르며 수해를 달렸다.

무수히 자란 수목의 줄기를 발판 삼아 수해를 종횡무진 날아다녔다. 이 나무에서 저 나무로 뛰는 그림자 같은 움직임은 보통 사람의 눈으로는 전혀 포착할 수 없을 속도였다.

그리고—.

“키하아아아아아아아아아아아!”

빨간 모자를 쓴 노인 요마— 적모귀(赤帽鬼)(레드캡)가 세검을 든 앨빈에게 맹렬한 속도로 달려들었다.

하지만.

“**바람으로 지켜라!**(윌드) 이야아아아아!”

앨빈이 고대 요정어로 말하며 머리 위에서 검을 돌렸고—

충격음.

“긱—?!”

초록 요정마법 【바람 방패】. 바람을 모아 만든 장벽이 적모귀의 도끼 일격을 막았다.

하지만 적모귀도 만만치 않았다.

즉각 뒤로 뛰더니 손에 불을 만들어 화염마법을 날리려 했고—.

휘오오! 갑자기 지나간 냉기의 파동이 적모귀의 화염마법을 지웠다.

“그렇겐 못 해요! **고요히 얼어붙어라!**(사이프리즈)”

일레인이 적모귀를 향해 검을 들고 있었다.

파랑 요정마법 【겨울의 숨결】. 온갖 마법을 상쇄하고 지우는 정적의 마법이었다.

“어ㅇㅇㅇㅇㅇㅇ! **그 발을 멈춰라!**(레그톱)”

그리고 리네트가 창으로 땅을 찌르고 말했다.

그러자 마법이 지워져 멍하니 있는 적모귀의 발밑에서 덩굴이 나와 발을 잡았다. 초록 요정마법【덩굴 얽기】였다.

"지, 지지지, 지금이에요! 텐코 씨!"

"고마워요! 하아아아앗!"

적모귀의 빈틈을 놓치지 않고 텐코가 땅을 박차 빠르게 달려들었다.

치켜든 칼이 붉게 타올랐다.

빨강 요정마법【불꽃칼】이 적모귀의 목을 가차 없이 벴다.

"—긱—."

목이 베인 적모귀는 새까만 안개로 분해되어 소멸했다.

"이, 이겼나……!"

"후우……!"

일동 사이로 안도의 분위기가 흘렀다.

"2층에 오니까 정말로 요마가 훨씬 강하네……. 뭐 이렇게 빨라……?"

"그러니까 말이야……. 눈으로 겨우 움직임을 좇을 수 있었어……."

크리스토퍼의 감상에 세오도르도 동의했다.

"이게 2층인가……. 힘드네."

앨빈도 어깨를 들썩이며 지금까지와는 현격히 다른 환경에 전율하고 있으니.

"하지만~ 우리 모두 제대로 잘 싸우고 있잖아요~?"

플로라가 평소처럼 태평하게 그런 말을 했다.

"맞아요. 플로라의 말대로예요."

텐코가 칼을 칼집에 넣으며 앨빈에게 다가왔다.

"결코 쉽지는 않지만, 우리의 검은 통하고 있어요. 지금까지 우리가 필사적으로 해 온 노력은 헛되지 않았던 거예요."

"텐코…… 맞아, 그럴지도 몰라."

앨빈은 빙그레 웃었다.

"앨빈, 어떡할까요? 계속할까요?"

"아니, 오늘은 이만하고 귀환하자."

텐코의 물음에 앨빈이 말했다.

"우리의 힘이 2층의 적에게도 그럭저럭 통한다는 걸 안 것만으로도 수확이야. ……그리고 슬슬 시드 경이 일어나서 걱정하고 있을지도 몰라."

"……그딴 사람, 딱히 어찌 되든 상관없지만요."

불만스러워 보이는 텐코의 모습에 쓴웃음을 지으며 앨빈은 일동에게 지시했다.

"그럼 얘들아, 잠시 쉬고 이동하자."

"네."

"그래."

모두가 저마다 앨빈에게 동의한 그때였다.

"으아아아아아아아아아악?!"
"으, 으아아아아아아아아아아아아아아?!"

수해 안쪽에서 확실하게 사람의 비명이 들려왔다. 그것도 여러 명의.
"앨빈?"
"모르겠어. 하지만 누군가가 요마와 싸우고 다쳤을지도 몰라. 가 보자."
그렇게 텐코와 짧게 말을 나누고서.
앨빈은 일동을 데리고 비명이 들린 곳으로 향했다.

"……이, 이게 뭐야?"
깊은 수해를 빠져나가자 나온 물가에— 믿을 수 없는 광경이 펼쳐져 있었다.
그곳에 요마 한 마리가 진좌해 있었다.
실로 기묘하고 기괴하게 생긴 요마였다.
체구가 왕바위처럼 거대했다. 길이가 몇 미터는 될 것 같았다.
도마뱀 같은 일곱 개의 머리에 뿔이 일곱 개, 눈이 일곱 개. 몸통은 새와 비슷했고, 독수리 같은 날개가 허리에 나 있었다. 굵은 꼬리. 입에는 늑대 같은 이빨.
그저 거기 있는 것만으로도 주위에 있는 약한 생물들을

짓누르는 것 같은 압력(프레셔).

자연계의 절대적 포식자만이 풍기는 잔학한 관록.

원래부터 정적이 감돌았던 수해가 한층 더 얼어붙은 것 같았다.

그 요마의 합계 49개의 눈이 의도를 파악할 수 없는 나락 같은 색을 머금고서 앨빈 일행을 바라보았다.

처음 봤지만, 저 특징적인 모습은 틀림없이—.

“키리무…… 키리무예요……!”

새파랗게 질린 텐코가 앨빈 옆에서 덜덜 떨며 말했다.

“말도 안 돼…… 어째서……?! 어째서 심층에 사는 요마가 2층에……?!”

요마 키리무. 잔학무도한 심층의 살해자.

원래는 숙련된 요정기사가 부대를 짜서 토벌하는 강력한 요마였다.

“저, 저기, 저길 봐……!”

크리스토퍼가 가리킨 키리무의 발밑에 소년 소녀들이 쓰러져 있었다.

“저건…… 아까 봤던 뒤란데 학급 학생들……?!”

“가트도 있어……!”

쓰러진 학생들은 다들 참혹한 피투성이 몰골이었다. 그들의 요정검은 무참히 부러지고 깨져서 흩어져 있었다.

키리무는 먹이를 산 채로 잡아먹는 습성이 있기에 죽지

는 않은 것 같지만…… 이미 숨이 간당간당했다. 어쨌든 이대로 있으면 죽는 건 시간문제였다.

"아, 아아아아아……?!"

"히이이이익……?!"

예상치 못한 적의 출현에 블리체 학급 학생들이 혼비백산했다.

"다들 진정해."

앨빈이 동요를 억누르며 그런 동료들에게 일갈했다.

"다 같이 힘을 합쳐 견제하다가 틈을 봐서 이탈하자. 괜찮아."

그렇게 지시를 내렸을 때였다.

'……어?'

휙. 아무런 조짐도 없이 앨빈의 시야에서 키리무의 모습이 사라졌다.

두 눈으로 확실하게 키리무의 모습을, 그 움직임을 분명히 주시하고 있었을 텐데.

'대체 무슨 일이 벌어진 거지?'

그런 앨빈의 의문에 대답한 것은—.

"으아아아아아아아아아악?!"

"으아아아아아?!"

뒤에서 들려온 동료들의 비명이었다.

"어?!"

앨빈이 즉각 뒤돌아보니 그곳에 키리무가 있었다.

순식간에 뒤로 이동한 것이다. 거대한 몸집만 봐서는 믿기 힘든 순발력이었다.

키리무의 턱 두 개가 크리스토퍼와 세오도르의 몸을 각각 물어서 가볍게 들어 올렸다.

키리무는 두 사람을 마구 흔들고 근처 거목으로 던졌다.

"커헉—?!"

거목의 줄기가 우지끈 부서지고, 내동댕이쳐진 두 사람이 검을 놓으며 쓰러졌다.

"힉—."

"다, 다들 움직여! 흩어져!"

경직된 동료들을 앨빈이 질타했다.

그 말에 떠밀린 것처럼 일동이 주위로 흩어졌다.

"으, 으으으! 머, 멈춰……! **그 발을 멈춰라(레그톱)!**"

리네트가 창으로 땅을 찔러 초록 요정마법【덩굴 얽기】를 발동시켰다.

무시무시한 기세로 자라난 덩굴이 키리무의 발을 휘감았지만— 키리무가 전혀 개의치 않고 두세 걸음 걷자 덩굴은 그대로 간단히 끊어져 버렸다.

키리무의 머리 하나가 낮게 으르렁거렸다.

그러자 키이이이이잉 하고 날카로운 고음이 주위에 울리기 시작했다.

키리무의 특기, 초고음으로 상대를 마비시켜 움직임을 봉하는 음파마법 【쇳소리】였다.

"그, 그렇겐 못 해요! **고요히 얼어붙어라(사이프리즈)!**"

일레인이 그 마법을 지우려고 파랑 요정마법 【겨울의 숨결】을 날렸지만—.

파앙! 반대로 지워진 것은 일레인이 날린 냉기의 파동이었다.

키리무의 마법 위력이 너무 강해서 지우지 못한 것이다.

"이, 이럴 수가……?!"

키리무가 발산한 처절한 고음이 울려 퍼지며 일동의 뇌를 직접 도려냈다.

"아아아아…… 아아아아아아아아아아아아아아?!"

"시, 싫어어어어어어어어어어—!"

정통으로 맞은 일레인과 리네트가 버티지 못하고 검을 떨어뜨렸고 머리를 부여잡고서 웅크렸다.

곧장 눈과 귀에서 피가 났다. 상상을 뛰어넘는 두통과 메스꺼움이 그 자리에 있는 모두를 덮쳤고, 희미해지는 촉각과 의식에 피눈물을 흘리며 고통스러워할 수밖에 없었다.

"……큭!"

항상 태평한 플로라도 견디지 못하고 몸을 웅크렸다.

"이, 이게……! 자, 작작 좀……!"

기백과 근성으로 그 음파를 버티며 텐코가 이를 악물고

검을 들었다.

"작작 좀 해애애애애애—!"

텐코가 검을 치켜들고 키리무에게 육박했다.

이 상황에서 키리무에게 달려들 수 있었던 것은 매일 부지런히 단련한 덕분이었다.

게다가 검술의 정교함을 떨어뜨리지 않고 회심의 공격을 가한 것은 칭찬할 만했다.

번니그
"**타올라라, 검!** 하아아아아아아아앗—!"

그리고 빨강 요정마법【불꽃칼】이 발동됐다.

텐코의 염도가 키리무의 일곱 머리 중 하나를 베고자 허공을 달렸으나—.

챙강!

날아간 것은 두 동강이 난 텐코의 칼이었다.

"……어……?"

공중에서 칼을 휘두른 모습 그대로 텐코가 멍해졌다.

키리무의 목에는 손톱만 한 상처조차 나 있지 않았다. 1층과 2층의 요마를 버터처럼 벴던 텐코의 검이 전혀 통하지 않았다.

"말도 안 돼……."

그런 텐코의 말에 답한 것은 옆으로 휘둘린 키리무의 강렬한 꼬리 일격이었다.

텐코의 몸이 수평으로 똑바로 날아가 근처 거목에 세게

부딪쳤다.

"으억…… 아……!"

충격으로 폐에서 단숨에 공기가 빠져나갔다. 온몸이 산산조각이 나는 것 같은 격통. 아니, 실제로 뼈 몇 개는 부러졌을 것이다.

텐코의 몸이 중력을 거스르지 못하고 거목 줄기를 따라 주르륵 미끄러졌다.

거목에 힘없이 기대앉은 텐코는 이제 손가락 하나 까딱할 수 없었다.

잔혹한 살해자 키리무가 그런 텐코를 말없이 덮쳤다.

눈 깜짝할 사이에 사라지는 무시무시한 속도로 텐코에게 쇄도했고—.

"……아……."

일곱 개의 입을 벌려 무수한 이빨로 텐코의 온몸을 깨물려고 했다.

—그때, 바람이 소용돌이쳤다.

"—텐코! **바람으로(월드) 지켜라!**"

순간적으로 끼어든 앨빈이 초록 요정마법【바람 방패】를 전개한 것이다.

압축되어 응집된 바람 장벽이 일곱 개의 머리를 막았다.

펑! 하지만 키리무의 이빨이【바람 방패】를 간단히 깨물어 부숴 버렸다.

키리무는 모두가 겁먹고 위축된 가운데 유일하게 전의를 잃지 않고 맞서는 앨빈에게 다소 경계심이 든 것 같았다. 가볍게 그 자리에서 물러나 일곱 개의 머리가, 도합 마흔아홉 개의 눈으로 앨빈을 관찰했다.

온몸이 심해 바닥으로 가라앉는 것 같은 감각이 앨빈을 덮쳤다.

"허억……! 허억……! 허억……!"

키리무가 발산하는 야생의 위압감과 살기에 앨빈이 가쁘게 숨을 내쉬며 검을 들고 있으니.

"뭐, 뭐 하는 거예요, 앨빈!"

몽롱한 의식으로 텐코가 외쳤다.

"콜록, 콜록…… 도망쳐요…… 나 같은 건 놔두고, 빨리 도망쳐요……!"

"싫어……! 너를 두고 갈 순 없어!"

"앨빈!"

텐코가 비통하게 외쳤지만 이미 늦었다.

키리무는 야생의 직감으로 앨빈이 자신에게 전혀 위협이 되지 않는 왜소한 존재임을 본능적으로 헤아린 듯했다.

먹이를 잔혹하게 사냥하는 살기가 앨빈의 온몸을 찔렀다.

"그, 그럴 수가…… 앨빈…… 나 때문에……!"

텐코가 그렇게 한탄한 순간이었다.

키리무가 땅을 박차고 돌진했다.

여전히 일반적인 동체 시력의 한계를 족히 뛰어넘는 무시무시한 움직임이었다.

아까【바람 방패】로 간신히 공격을 막은 것은 기적이었다.

앨빈은 깨달았다. 몇 초 후, 키리무의 발톱과 이빨이 자신을 갈가리 찢을 것이다.

'그래도 나는—!'

절망 속에서 앨빈은 이를 악물고 육박하는 키리무와 마주했다.

키리무의 입이 크게 벌어지며 빽빽하게 늘어선 단검 같은 이빨이 가차 없이 다가오고, 다가오고, 다가왔고—.

최후의 순간, 앨빈은 저도 모르게 눈을 감고 몸을 굳혔지만.

—그 순간은 오지 않았다.

서걱! 베는 소리가 울리고.

"갸오오오오오오오오오오오오오오오오오오!"

키리무의 처절한 포효가 들렸다.

"……어?"

앨빈이 조심조심 눈을 뜨니—.

머리 하나의 측면을 깊이 베여서 피를 뿌리며 고통스러워하는 키리무와.

“괜찮아? 왕자님.”

키리무 앞을 막아선 시드의 등이 있었다.

시드는 반개한 오른손을 옆으로 곧게 뻗고 있었지만 변함없이 도수공권이었다.

그런데 키리무는 깊은 상처를 입었다. 시드에게는 요정검이 없는데도 말이다.

“정말이지, 멋대로 돌아다니고 말이야……. 좀 과하게 기운이 넘치는 녀석들이네.”

가볍게 돌아본 시드가 씩 웃었다.

“뭐, 늦지 않아서 다행이야.”

“시드 경…… 바, 방금 뭘 한 건가요?!”

“말도 안 돼! 요정검조차 통하지 않는 키리무의 비늘을 대체 어떻게?!”

경악한 것은 앨빈과 텐코뿐만이 아니었다.

간신히 의식을 유지하고 있던 일레인, 리네트, 크리스토퍼, 세오도르도.

마이페이스인 플로라조차도.

다들 하나같이 눈을 크게 뜨고서 아연해했다.

그때, 고통스럽게 몸부림치던 키리무가 목 하나를 시드에게 돌려 입을 벌리고— 기묘한 소리를 내려고 했다. 아까 썼던 음파마법이었다.

“하앗!”

그보다 빨리 시드가 날카롭게 발을 내디디며 도약, 오른손을 옆으로 휘둘렀다.

찰나, 음파를 발산하려고 했던 키리무의 목이 날아갔고—.

"후—."

재빨리 키리무에게 접근한 시드가 왼쪽 주먹을 쳐올려 키리무의 몸통을 때렸다.

우두둑! 강철보다 단단한 키리무의 갈비뼈가 부서졌다.

"기갸아아아아아아아아—!"

쿵! 키리무가 세차게 고개를 젖히더니 그대로 뒤로 넘어갔다.

고통스럽게 몸부림치는 키리무의 움직임에 대지가 명동했다.

시드의 그 힘은— 어떻게 생각해도 사람이 할 수 있는 일이 아니었다.

"어떻게……?! 요정검도 안 가지고 있는데 대체 어떻게……?!"

믿을 수 없다는 듯 외치는 텐코에게.

"내일부터 시작하려고 했지만, 보고 배우기 딱 좋은 상대를 운 좋게 찾았으니 지금 너희에게 가르쳐 주지. ……전설 시대 기사의 싸움을 말이야."

시드가 마구 몸부림치는 키리무를 빈틈없이 응시하며 몸을 비스듬히 돌리고 그렇게 말했다.

"그럼…… 우선 내 몸을 자세히 봐 봐. 뭐가 보이지?"

보통 같았으면 숙련된 기사들이 대오를 이루어 모든 신경을 집중해야만 하는 상대를 앞에 두고서.

시드가 가볍게 스텝을 밟으며 학생들을 돌아보고 그렇게 말했다.

학생들은 질문의 의미를 이해하지 못하고 의아해하며 서로의 얼굴을 보았다.

"더 자세히 시선을 집중해. 요정검에게 선택받은 너희라면 분명 보일 거야. 그냥 보는 게 아니라 주시하는 거야. 영적인 눈을 뜨고 인식해."

그 말을 듣고 학생들이 좀 더 눈에 힘을 줬다.

그러자 시드의 전신에서 뭔가 반짝거리는 황금색 입자가 올라오는 것이 희미하게 보였다.

의식하지 않으면 보이지 않았다. 하지만 보려고 하면 확실히 보였다.

"보, 보였어……!"

"저, 저도요……!"

"이 빛은 뭐지……?!"

학생들이 그렇게 웅성거리기 시작했을 때, 키리무가 움직였다.

무섭도록 날렵하면서 잔혹한 동작으로 시드에게 달려들었다.

하지만 시드는 그것을 쳐다보지도 않고서 질풍 같은 동작으로 피했고— 엇갈리는 순간, 키리무의 몸통을 향해 가차 없이 오른손을 휘둘렀다.

키리무의 고통에 찬 포효가 울렸다. 역시 시드의 손은 강철보다 단단한 키리무의 비늘을 간단히 베어 버렸다.

"보였나? 그래, 이 빛은 마나야."

키리무와 적당히 거리를 두며 시드가 말했다.

"마나……?!"

"그건 요정의 힘 아닌가요……?!"

"어떻게 사람이 마나의 힘을……?"

학생들이 저마다 의문을 꺼냈다.

"이봐. 마나는 모든 생물과 자연에 깃들며 이 세상의 모든 물질과 생명을 형성하는 힘이야. 왜 사람을 거기에서 빼?"

고통스러워하며 날뛰는 키리무 앞에서 시드는 어이없다는 듯 어깨를 으쓱였다.

"「요정은 만물에 깃든다」라는 말은 알지? 요정은 자연계에 존재하는 마나가 다양한 개념에 따라 모습과 의지를 가지게 된 존재야. 그렇기에 요정이 화신한 요정검은 마나 덩어리…… 거기까지는 알지?"

괴로워하며 몸부림치는 키리무가 시드를 향해 아무렇게나 꼬리를 휘둘렀다.

채찍처럼 바람 소리를 내는 꼬리가 지면을 도려내고 나

무들을 뿌리째 날려 버렸지만— 잔상을 남기며 전후좌우로 움직이는 시드를 스치지는 못했다.

“즉, 요정마법은 기본적으로 마나 덩어리인 요정검으로부터 일방적으로 마나를 빌려서 쓰는 기술이라고 할 수 있지.”

가벼운 스텝으로 키리무의 공격을 모조리 피하며 시드가 말했다.

“하지만 요정도 천차만별이야. 몇천 년이나 살아서 강대한 힘을 얻은 대요정이 있는가 하면, 갓 태어나 힘이 약한 요정도 있어.”

그런 시드의 지적에 학생들은 퍼뜩 정신을 차리고 자신의 요정검을 보았다.

“눈치챘나? 검격이 낮은 요정검은 갓 태어난 젊은 요정검이라는 거야. 힘은 약해도 사람을 돕고 싶었던 좋은 이웃들이 사람에게 보탬이 되고자 검이 되어 줬어. ……그게 너희의 요정검이야.”

코앞으로 사납게 육박하는 꼬리 공격을 휙 피하고— 카운터.

서걱! 반개한 왼손이 키리무의 꼬리를 양단했고, 잘린 꼬리가 허공을 날았다.

그리고 도약과 함께 오른손을 휘둘러 키리무의 목을 또 하나 날렸다.

고통스러워하는 키리무의 포효가 다시 울렸다.

"즉, 너희는 그런 마음씨 착한 꼬마 요정에게 업혀 가면서 본인이 강해졌다고 여겼던 거야. 이 얼마나 한심한 이야기야?"

그런 시드의 지적에 학생들이 얻어맞은 것처럼 멍해졌다.

그리고 시드는 키리무에게 훅 접근했다.

"왜 요정검만 의지하고 자기 자신을 단련하지 않았지?"

비스듬히 내려 베고 이어서 반대쪽으로.

"말했잖아? 마나는 만물에 깃드는 생명력이야. **살아 있는 생물이라면 누구나 가지고 있어.** 당연히 우리(사람)도 가지고 있지. 마나는 요정만의 특별한 힘이 아니야."

시드가 오른손을 손날 형태로 펴고 그곳에 마나를 담았다.

"자신의 마나를 다듬어서 자유자재로 다루게 되면 다양한 일을 할 수 있어. 결코 만능은 아니지만, 이전의 자신보다는 확실하게 강해질 수 있어."

찰나, 시드가 땅을 박차고 사라지듯 움직였다.

"마나를 손에 모으면 어떤 명검에도 뒤지지 않는 예리한 검이 되고—."

거대한 키리무의 가슴에 순식간에 X자가 새겨졌다. 요란하게 피가 튀었다.

계속된 고통에 격분한 키리무가 통나무 같은 팔을 치켜들었고—.

"몸의 표면을 마나로 빈틈없이 덮으면 어떤 견고한 갑옷보다도 튼튼한 갑옷이 돼."

훅! 강풍과 함께 휘둘러진 키리무의 발톱이 시드의 몸을 가차 없이 할퀴었지만, 버티고 선 시드의 몸에는 찰과상 하나 없었다.

"그갸아아아아아아아아아아아아—!"

대신 부러진 것은 키리무의 발톱이었다.

그리고 요금이라도 받듯 시드의 오른손이 키리무의 목을 또 하나 가져갔다.

"「월」— 이 일련의 마나 제어를 전설 시대에는 그렇게 불렀어. 어때? 요정검이 없는 나도 꽤 하지?"

시드가 학생들을 돌아보고 씩 웃었다.

"……!"

시드가 펼치는 엄청난 광경을 학생들은 그저 멍하니 볼 수밖에 없었다.

그리고 학생들이 지켜보는 가운데, 키리무의 남은 머리가 시드에게 쇄도했다.

"뭐, 요컨대 그거야."

이미 물러나 있던 시드가 번개처럼 키리무의 측면으로 돌아들었고—.

"너희는 그저 요정검을 잘 휘두르는 방법을 궁리하고서 강해졌다고 생각했던 거야. 노력은 인정하지만, 자기 자신의 단련이 압도적으로 부족해."

하늘 높이 도약한 시드가 근처 가지를 걷어차 몸을 돌렸다.

"가소로워. 너희가 약한 건— 당연해."

낙하의 기세를 실어 키리무의 등을 오른손으로 깊이 찔렀다.

"그오오오오오오오오오오오오오오—!"

등에 있는 시드를 떨어뜨리려고 키리무가 날뛰었다.

하지만 시드는 솜씨 좋게 균형을 잡으며 팔을 더 깊이 찔렀다.

"가, 강해……!"

학생들은 그런 단순하고 진부한 감상을 중얼거릴 수밖에 없었다.

그리고 농담 같은 그 광경을 보고서 앨빈은 멍하니 생각했다.

문득 낮에 있었던 일이 떠올랐다.

—나 자신이 검이니까.

"그런…… 그런 뜻이었던 거야……?"

앨빈은 자기 자신의 마나를 다루는 윌이라는 기술을 모른다. 마나는 요정검에게서 빌리는 것…… 그게 이 세계 기사의 상식이었다.

시드와 처음 만났을 때, 시드는 평범한 단검으로 암흑기사와 싸웠다.

그건 궁여지책의 무기 조달이 아니었다.

봐준 거였다. 아마 시드는 갓 부활하여 육체 감각과 마나 감각이 어긋나 있었을 것이다. 그 상태로 맨손으로 싸우면 상대방이 너무 위험했다.

'그런가…… 오랜 세월 속에서 우리 기사들은 잊어버린 거야……. 자기 자신을 단련하는 것이야말로 강함이라는 걸. 간단하고 편리한 요정검을 의지한 나머지, 어느새 무인으로서의 기본을 까맣게 잊어버린 거야…….'

앨빈은 싸우고 있는 시드의 뒷모습을 바라보았다.

잘 단련된 몸 하나로 강대한 적과 싸우는 그 모습은 얼마나 매혹적인가.

'확실히 현대의 기사는 약해졌을지도 몰라……. 하지만 시드 경이 있어 준다면……!'

저 진정한 강함이 현대에 되살아날지도 모른다.

앨빈은 뭔가를 기대하듯 시드를 계속 바라보았다.

그러는 동안에도 시드가 하늘을 날았다. 날면서 무수한 참격을 날렸다.

시드의 참격 난무에 키리무의 전신이 마구 베였다.

하나씩 하나씩, 키리무의 머리가 속수무책으로 날아갔다.

순식간에 머리는 하나만 남았다.

그러자 키리무는 눈앞의 기사를 상대로 승산이 전혀 없

음을 깨달은 듯했다.

"갸아아아아아아아아—!"

심층의 살해자의 긍지를 버리고서 날개를 펼치고 땅을 박차 공중으로 날아올랐다.

퍼덕이는 날개가 거센 바람을 일으켜 지상을 휩쓰는 가운데.

시드가 중공으로 달아나는 키리무를 똑바로 올려다보고 오른손을 들었다.

그리고 심호흡하며 천천히 손을 머리 위로 올렸다.

마치 활에 화살을 걸어 신중하게 시위를 당기듯 천천히.

멀어지는 키리무를 겨냥하듯…… 천천히…….

"……잘 봐 둬."

시드는 낮은 심호흡과 함께 오른손을 당겼고—.

"너희가 맨 처음 도달할 목표는— 여기야."

그런 말과 함께.

시드가 전신전령의 탄력을 살려 오른손을 아래로 휘둘렀다.

동시에— 마나로 형성된 칼날이 손에서 날아갔다.

「원거리 타격」— 그 참격은 수십 미터의 거리를 신속하게 달렸다.

단단한 살을 가르는 둔탁한 소리가 상공에 메아리쳤다.

그 단순한 일격으로 키리무의 날개가 절단되었고— 동시

에 마지막 목이 허공을 날았다.

거구가 하늘에서 떨어졌다. 그 입이 포효하는 일은 두 번 다시 없으리라.

승부가 났다. 너무나도 싱거운 결말이었다.

토벌하려면 정예 기사 부대가 필요한 강력한 요마를 손쉽게 일축하는 그 무용. 그야말로 전설의 한 장면 같은 광경이었다.

그 자리에 있는 모두가 당목하고, 경악하고, 두려워하고, 확신하고— 깨달았다.

앨빈도, 텐코도. 다른 학생들도.

다들 똑같은 마음으로 시드의 뒷모습을 바라보았다.

「아아, 이것이. 이게 바로— 전설 시대의 기사구나」 하고.

"……후우."

키리무를 해치운 시드가 숨을 내쉬었다.

그리고 한동안 뭔가를 확인하듯 자신의 오른손을 바라보았다.

"……역시 그런가. ……이것 참."

이윽고 뭔가를 확신한 것처럼 한숨을 쉬고, 다시금 주위를 둘러보며 중얼거렸다.

"뭐, 그건 차치하고……. 왜 키리무가 나타난 거지? 이런 저층에 나타나는 요마가 아닐 텐데."

빠르게 격퇴했다고는 하지만 역시 피해는 컸다. 뒤란데 학급의 학생들은 전원 크게 다쳐서 기절했고, 블리체 학급의 학생들도 만신창이였다.

여러 가지 의문은 남지만, 일단은.

"다친 녀석들을 데리고 돌아갈까. 불쌍하기도 하고."

시드가 그렇게 결론을 내리고 머리를 긁적이고 있으니.

"시드 경……."

별안간.

블리체 학급의 학생들이 시드 주위에 모여들었다.

"음? 왜들 그러지?"

시드가 학생들을 둘러보며 대답했다.

학생들은 한동안 고개를 숙인 채 침묵했지만.

이윽고 쥐어짜듯 조금씩 말하기 시작했다.

"실은, 저희…… 약해요."

"저희를 선택한 검은…… 검격이 아주 낮았어요. ……그런 검에게만 선택받았어요."

크리스토퍼와 일레인이 아래를 보며 그렇게 말했다.

그 고뇌에 찬 표정은 낮은 검격이라는 핸디캡을 짊어졌으면서도 지금까지 기사가 되기 위해 그들이 얼마나 필사적으로 노력했는지를 보여 주는 증좌였다.

"그래도, 저희는 꼭 기사가 되고 싶어요……."

"……아뇨, 기사가 되어야만 해요."

시드가 둘러보니.

리네트도, 세오도르도. 다들 비슷한 마음인 것 같았다.

"시드 경…… 우리도, 시드 경처럼 강한 기사가…… 될 수 있나요?"

일동의 마음을 대변하듯.

크리스토퍼가 불안한 얼굴로 그런 물음을 던졌지만…….

"될 수 있어."

시드는 망설이지 않고 그렇게 대답했다.

"기사는 강한 전사를 가리키는 말이 아니야. 사는 방식이야. 기사가 되고자 자신을 규제하고 의지를 관철하는 한, 그 녀석은 훌륭한 기사야."

"……."

"물론 약한 자는 기사가 될 수 없어. 기사의—「그 검은 약자를 지킨다」. 기사가 전사로서 강한 것도 중요해. 그러니 일단 검을 버려. 자신을 단련해."

"……."

"걱정하지 마. 윌은 특별한 능력이 아니야. **살아 있는 사람이라면 누구나 쓸 수 있어**. 당연히 너희도 연습하면 반드시 자유자재로 다룰 수 있어. 뭐, 역시 윌로 나를 이기는 건 무리겠지만…… 너희의 마나가 확실하게 단련되면 언젠가 너희의 요정검으로도 강한 요정마법을 쓸 수 있을 거야."

"아……."

뭔가를 깨달은 것처럼 학생들이 퍼뜩 놀랐다.

"마나는 만물에 깃드는 생명의 힘…… 사람의 힘임과 동시에 요정의 힘이기도 하니까……?"

"그래. 실제로 내가 살았던 전설 시대에는 검격이 낮은 요정검을 가지고서도 월을 병용하여 귀신처럼 강했던 기사가 널려 있었어."

시드가 뭔가를 그리워하듯 씩 웃었다.

"그 수행은 나한테 맡겨. 끝까지 어울려 주겠어. 어쨌든—."

그리고 불안해하는 학생들의 얼굴을 둘러보고서 힘 있게 말했다.

"나는 너희의 교관인 것 같으니까."

그런 시드의 모습에.

"시, 시드 경……."

"……교, 교관님……."

학생들의 눈에 금세 희망이 차올랐다.

지금까지 정말로 기사가 될 수 있을지 없을지 늘 불안에 시달렸던 학생들의 마음에 처음으로 희망의 빛이 비쳐 들었다.

어느새.

학생들은 모두 존경이 담긴 눈으로 시드를 보고 있었다.

"우후후, 훌륭한 분이네요~."

"응, 역시 시드 경…… 전설의 기사야."

조금 떨어진 곳에서.

플로라와 앨빈이 시드와 학생들을 온화하게 지켜보고 있었다.

"역시 그날의 결단은 틀리지 않았어……. 왕가의 구전…… 전생부활의 비술…… 시드 경의 전설…… 전부 진짜였어……."

앨빈은 꿈꾸는 표정으로 시드를 바라보았다.

"응, 시드 경이 있어 준다면…… 나는 분명……."

그러자 플로라가 그런 앨빈을 놀리듯 말했다.

"후후…… 앨빈도 참. 그 표정…… 마치 사랑에 빠진 소녀 같아요~."

"뭐—?!"

플로라의 지적에 앨빈이 허둥지둥 양손을 내저었다.

"무무무, 무슨 말을 하는 거야, 플로라?! 나, 나는 남자야!"

"농담이에요~ 농담. 그나저나 굉장히 당황하네요? 혹시…… 앨빈, 정말로 **그쪽 취향**인가요? 꺄아~."

"아, 아니! 플로라아아아—!"

키득키득 웃는 플로라에게 앨빈이 새빨개진 얼굴로 대거리했다.

그리고 그런 두 사람과도 조금 떨어진 곳에서.

"……."

텐코가 시드를 복잡한 표정으로 노려보고 있었다.

'확실히 시드 경이 정말로 전설의 《야만인》인 건 틀림없는 것 같아요.'

그러나 텐코의 눈에는 다른 학생들과 같은 경외심이 없었다.

그저 분한 마음과 노여움을 우울하게 불태우고 있었다.

'하지만 아무리 시드 경이 강해도 인정하지 않을 거예요! 나는 저 사람을 인정하지 않아……!'

《야만인》 시드 경. 무자비하며 잔인무도. 기사라고 할 수도 없는 악인.

널리 전해 내려오는 전설이 시드의 전부를 이야기하고 있었다.

만약 정말로 시드가 올바른 인물이라면 왜 그런 전설이 남아 있겠는가?

답은 명백했다. 결국 시드는 가장 기사에 걸맞지 않은 남자인 것이다.

그리고 무엇보다도—.

—텐코…… 앨빈을 부탁한다…….

—기사로서, 지켜 다오…….

"앨빈을 지키는 건 나예요……! 내가 앨빈의 기사니까……!"

누구에게랄 것도 없이 그런 말을 중얼거리며 칼집을 꽉 움켜쥐고.

텐코는 증오에 찬 눈으로 시드를 계속 노려보았다.

제4장 앨빈의 비밀

—북쪽 대지.

눈과 얼음에 뒤덮인 극한의 폐도에 우뚝 선 다크네시아 성의 알현실에서.

옥좌에 앉은 왕관 쓴 소녀가 지루한 얼굴로 팔걸이에 팔을 올려 턱을 괴고 중얼거렸다.

“그래서? 일은 어떻게 됐어?”

『아주 잘 완수했어요.』

소녀의 물음에 답한 것은 옥좌의 팔걸이에 설치된 거대한 수정 구슬이었다.

그 수정 구슬 속에 검은 마녀의 모습이 있었다.

『며칠 전에 앨빈 왕자가 전생소환했다는 기사는…… 틀림없이 전설 시대의 기사……《야만인》 시드 경이 맞아요.』

“……그 근거는?”

『여러 가지 있지만…… 이걸 보시는 게 가장 빠를 거예요.』

그러자 수정 구슬에 나타나는 영상이 바뀌었다.

전환된 영상 속에 시드가 있었다.

시드가 키리무를 상대로 활극을 벌이고 있었다.

눈에 보이지도 않는 속도로 움직인 시드가 키리무를 손

으로 수없이 벴다.

이윽고 시드가 간단히 키리무를 격파하면서 영상은 끝났다.

『……후후, 어떤가요?』

다시 영상이 바뀌어 마녀의 요염한 미소가 나타났다.

"이, 이게 뭐야……? 터무니없잖아!"

왕관을 쓴 소녀가 부들부들 떨며 신음했다.

"이게…… 전설 시대의 기사 《야만인》 시드 경?! 모든 것이 규격을 한참 벗어났어! 뭐야, 이게 뭐냐고!"

쾅! 소녀는 증오와 분노를 담아 옥좌의 팔걸이를 때렸다.

『이 정도로 놀라시면 안 돼요.』

그러자 마녀가 키득키득 즐겁게 웃으며 말했다.

『본래 그의 실력은 이 정도가 아니에요. ……「너무 약해」.』

"뭐?!"

『천년 만의 부활이니…… 이것저것 무리가 있었겠죠. 시드 경의 전투 능력은 당시의 전성기와 비교해서 현저히 떨어져요. 지금 그는 아직 진짜 실력을 발휘하지 못하고 있어요.』

"이것보다 더 강하다고?! 어쩔 거야! 이런 터무니없는 기사가 그 아이 편에 붙었다면……!"

『후후후, 우리 귀여운 주인님…… 주인님이 건드린 벌집에서 용이 나오고 말았네요. 설마 이런 사태가 벌어질 줄은 저도 예상하지 못했어요.』

“왜 그렇게 태평해! 지금 진행 중인 계획은 뒤로 물릴 수 없잖아!”

『네, 그렇죠. 왕도에 준비한 의식은 완성했어요. 시간이 지나 저절로 《문》이 열리길 기다릴 뿐이죠. 이제 멈출 수 없어요.』

“큭……!”

왕관 쓴 소녀는 분한 듯 눈을 감고 옥좌의 팔걸이를 주먹으로 퍽퍽 때렸다.

“어째서?! 어째서 맨날 그 아이만?! 이런 건 치사해…… 치사하다고! 용서할 수 없어! 용서 못 해, 용서 못 해!”

하지만 그렇게 화내는 소녀에게 마녀는 여유롭게 대답했다.

『안심하세요. 확실히 시드 경은 주인님의 비원 달성을 방해하는 가장 큰 장벽이 될지도 모르지만…… 지금 그에게는「치명적인 약점」이 있어요.』

“……약점……이라고……?”

『네. 그 약점이 있는 한, 시드 경을 두려워할 필요는 없어요.』

요염하게 미소 지은 마녀는 시드 경의 약점을 이야기하기 시작했다.

“……흥…… 그래. 그렇단 말이지?”

마녀에게 설명을 들은 소녀는 퉁명스럽게 반응했다.

"그렇다면…… 뭐, 시드 경이 어떻게 움직이든 계획에 지장은 없을 것 같네."

『그렇죠?』

"그럼 나도 예정대로 권속들을 움직이겠어. 기대할게. 나의 종복."

『후후, 이쪽은 맡겨 주세요, 귀여운 주인님.』

왕관 쓴 소녀의 버릇없는 태도에 마녀가 생글거리며 대답했다.

하지만 그때. 마녀는 문득 중얼거렸다.

『하지만 주인님과 앨빈 왕자…… 두 사람이 모인 이 시대에 우연히 부활한 시드 경이라니…… 뭔가 운명을 느끼네요.』

"응? 방금 뭔가 말했어?"

『아뇨, 아무것도. 그럼 뒷일은 잘 부탁드려요, 주인님.』

그런 대화를 끝으로 수정 구슬의 영상은 끊겼다.

"흥……."

한동안 소녀는 나른하게 수정 구슬을 바라보다가…… 일어났다.

그리고 천천히 걷기 시작했다.

알현실을 나가, 아무도 없이 스러져 가는 성내 통로를 걸어가서…… 테라스로 나갔다.

휘오오오오오오오오오오오오오오—!

바람을 고스란히 맞아야 하는 테라스로 나간 순간, 무시무시한 한기와 눈보라가 소녀를 후려쳤다.

보통 사람이라면 이런 얇은 옷으로는 5분도 못 버티고 죽을 압도적인 냉기였다.

하지만 소녀는 그런 냉기를 조금도 개의치 않고 아래 펼쳐진 광경을 바라보았다.

아득한 아래쪽에 펼쳐진 것은 일찍이 마도라고 불렸던 도시의 폐허였다. 석조 건물 대다수가 허물어졌고, 눈과 얼음에 반쯤 뒤덮여 새하얗게 물들어 있었다.

도시를 에워싸듯 우뚝 솟은 산맥의 능선도 새하얗게 물들었고, 하늘은 무거운 회색과 어둠을 머금고서 1년 내내 극한의 눈보라를 보냈다.

그런 빙결 지옥 같은 광경을 내려다보며— 소녀는 중얼거렸다.

"경청하라(리스티스). 그대들의 주인(유 마스터스), 그 대행자인(액티마 월덴) 나의 말을."

고대 요정어로 중얼거린 그 말은 곧장 눈보라에 휩쓸려 갔다.

하지만 그 말은 신기한 위엄과 중압감을 유지하며 눈과 얼음으로 뒤덮인 폐도에 퍼져 나갔다. 메아리처럼 울려 퍼졌다.

카매드 바 오르쏠 미앤스 코른

"나의 권능으로 명하노니, 나의 부름에 응답하라."

그리고— 폐도 내에 기묘한 변화가 일어났다.

팟! 팟! 팟! 어두운 폐도 곳곳에 마치 도깨비불처럼 파란 불꽃이 생겨났고, 그 숫자는 1, 10, 100, 1000…… 급속도로 늘어났다.

그리고 그 도깨비불들은 점차 형태를 바꿨다.

먼저 사람의 해골 형태로. 그리고 다음 순간, 어둠이 퍼져 해골을 남김없이 감쌌다.

최종적으로 도깨비불은 전신에 까만 누더기를 걸치고 검한 자루를 든 꺼림칙한 기사의 모습이 되었다. 본래 얼굴이 있을 부분에는 무한한 심연이 펼쳐져 있었다.

그런 망령 기사가 소녀의 부름에 응해 속속 폐도에 나타났다.

"……뭐, 이 정도려나?"

왕관 쓴 소녀는 망령 기사 무리를 내려다보며 그렇게 중얼거렸다.

"흥, 애석하네. 지금 내 권능으로는 이 정도만 응답해 주는 건가. 뭐, 좋아. ……그걸 위한 이번 계획이니까."

소녀는 어둠 속에 붉은 선을 긋듯 입술을 웃는 형태로 일그러뜨렸다.

"나는 심심해. 아무튼 지금의 나는 아직 이 마도에서 나갈 수 없으니 말이지. ……그러니까 열심히 나를 즐겁게 해 줘. 응? 앨빈…….”

키득키득, 눈보라를 타고 웃음소리가 흘러가는 가운데.

일제히 걷기 시작한 망령 기사들은 큰길에서 합류하여 군대 같은 대오를 이루고 행진을 개시했다.

―――――.

—왕도 캘바니아.

캘바니아성 하층 외곽에.

“하아…… 하아……! 다들…… 힘내자…… 헉…… 헉……!”

“““““아아아아아아아아아아아아아—!”””””

블리체 학급 학생들의 비명이 울려 퍼졌다.

앨빈을 선두로 학생들이 성벽을 따라 하염없이 달리고 있었다.

심지어 먼 옛날의 기사가 착용했을 법한 중후한 금속제 전신 갑옷을 입고서.

게다가 다들 요정검을 가지고 있지 않았다. 시드가 몰수했기 때문이다. 즉, 요정검이 공급해 주는 마나에 의한 신체 능력 강화가 현재 학생들에게는 전혀 없었다.

달릴 때마다 나는 절그럭 소리가 학생들의 뇌를 쥐어뜯었다.

어마어마한 중량과 지옥 같은 산소 결핍이 학생들을 유

린했다.

“자, 달려. 일단 달려. 크게 호흡해. 공기 중에 있는 빛나는 뭔가를 몸에 들이는 이미지로.”

시드가 그런 학생들을 여유롭게 둘러보며 말했다.

“잠깐…… 시드 경! 이런 특훈에 대체, 무슨 의미가아아아아아—!”

앨빈 옆에서 텐코가 울상으로 외쳤다.

“으으으으으! 요정검이 있으면, 이딴 무거운 갑옷 따위—!!”

텐코의 말대로 요정검은 사용자의 신체 능력을 강화하고 비할 데 없이 튼튼하게 만든다. 검을 쥐고만 있어도 웬만한 갑옷보다 훨씬 튼튼해지는 것이다.

게다가 요정검은 아무런 마법도 걸려 있지 않은 이런 금속 갑옷 따위 버터처럼 베어 버린다. 현대에는 이런 갑옷을 입는 의미가 전혀 없었다.

“저 녀석들…… 갑옷 입고 뭐 하는 거지……?”

“요정검도 안 들고서 왜 저런 무의미한 훈련을……?”

“검격이 낮은 탓에 한계가 보여서 자포자기한 거 아니야?”

훈련을 마치고 돌아오는 길인 뒤란데 학급, 오르토르 학급, 앤서로 학급의 학생들이 의아해하며 바라보았다.

하지만 그런 다른 학급 학생들을 완전히 무시하고서 시드는 텐코 일행에게 말했다.

“너희는 요정검에 너무 의존해. 일단 근본적인 기초 체력이 안 되어 있어."

"그, 그럴 수가아아아아아아~?!"

"내가 살던 시대에 수습 기사는 아무튼 갑옷을 입고 달렸어. 갑옷을 입은 채 높은 산을 몇 번씩 오르내리고, 격류가 흐르는 강을 몇 번이나 왕복하며 헤엄쳤어."

"하아아아아?! 괴물인가요?! 그럼 죽잖아요!"

"응? 그야 죽지. 약한 녀석이 훈련하다 죽는 건 일상다반사잖아?"

시드가 뭐 그런 당연한 소리를 하냐는 듯 어리둥절한 표정을 지었다.

그런 시드를 보고 일동은 기겁할 수밖에 없었다. 전설시대에 살았던 시드와 현대에 사는 자신들은 생명에 대한 기본적인 상식과 가치관이 너무 달랐다.

"아하하! 걱정하지 마. 나는 상냥해. 너희가 죽을 만한 훈련은 안 시켜. 그런고로 50바퀴 더 추가다."

"죽일 생각뿐이야!"

텐코는 절망감에 현기증을 느꼈다.

"딱히 너희를 골리려고 괴롭히고 있는 건 아니야. 아까도 설명했지만, 윌의 기본은 호흡(브레스)이야."

시드가 자신의 가슴을 툭툭 두드렸다.

"사람도 자연의 일부……라고는 하지만, 역시 사람은 보잘것없는 존재야. 사람의 신체에 있는 마나의 총량은 한정적이지. 그래서 바깥에서 마나를 모아서 다듬는 거야. 이 세상에 넘쳐 나는 마나를 호흡으로 몸에 들여서 말이야.

하지만 자연계에 존재하는 마나와 자신 안에 존재하는 마나는 별개야. 자신이 쓸 수 있는 형태로 승화해야 해. 평소에는 요정검이 알아서 해 주는 그 과정을 스스로 해야 하는 거지. 그 기술이 바로 월의 요체야."

"헉…… 헉…… 헉……!"

"자연계의 영적 요소인 마나와 물질적 요소인 사람의 육체…… 전혀 성질이 다른 두 가지를 연결하는 것은 뭐지? 「혼(월)」이야."

"헉! 헉! 헉! 히익!"

"즉, 호흡으로 들인 마나를 자신의 혼으로 보내서 단숨에 연소시켜 자신의 마나로 승화시키는 거야. 정신을 집중할 때 숨을 고르라고 하잖아? 혼은 특수한 호흡법으로 조작할 수 있어. 호흡이 바로 마나를 혼 속에서 태우는 유일한 기폭제야."

"……헉……! 헉……!"

"이 일련의 공정을 「월을 태운다」라고 표현해. 혼의 커다란 힘을 지각하고 자유자재로 다루는 것이 월의 진수야."

"……."

"뭐, 요컨대 폐야. 월을 쓰고 싶다면 무엇보다 폐를 먼저 단련해라. 마구 달리고 달려서 폐를 단련해. 자잘한 기술은 그다음부터—.”

문득 시드가 정신을 차리고 보니.

학생들은 어느새 전원 쓰러져서 축 늘어져 있었다.

“……이것 참, 해이해 빠졌네. 첫날이니까 가벼운 조깅부터 시작하려고 했는데…… 이거 당분간 본격적인 달리기는 무리겠어.”

시드가 커다란 쇠공이 달린 쇠사슬들을 잘그락거리며 아쉽다는 듯 한숨을 쉬었다.

‘죽는다! 살해당한다!’

말할 여유도 없어서 학생들은 꼴사납게 엎어져 멍하니 그런 생각을 할 수밖에 없었다.

———.

—그런 지옥 같은 나날이 시작되고 며칠이 지났다.

저녁. 멀리 보이는 산등성이로 해가 지며 세상이 빨간색과 금색으로 선명하게 저무는 시간.

“아하하, 다들 고생했어…….”

“으아아아아아—! 오늘도 힘들었다아아아아!”

앨빈의 위로에 크리스토퍼의 외침이 울려 퍼졌다.

오늘도 겨우 일련의 훈련 메뉴를 끝낸 학생들은 훈련장 한복판에 쓰러져 있었다.

“오, 오늘이야말로 죽는 줄 알았어요…….”

“콜록켈록쿨럭커헉…… 하, 할머니가 강 건너편에서 손짓했어요…….”

“너무 가차 없어……. 전설 시대의 기사에게는 피도 눈물도 없는 건가…….”

일레인도 리네트도 세오도르도 축 늘어져 있었다.

“……악마예요. ……그 사람은 악마야…….”

귀를 축 늘어뜨린 텐코의 악담에도 패기가 없었다.

다들 맥없이 널브러질 수밖에 없었다.

“어라? 그러고 보니 플로라는?”

플로라가 안 보인다는 것을 깨달은 앨빈이 무거운 몸을 일으켰다.

“아, 플로라? 그 녀석이라면 단련이 끝나자마자 어딘가로 갔어. 빨리 땀을 씻고 싶다나 뭐라나…….”

“정말이지…… 그 아이는 여전하구나.”

“뭔가 플로라 씨는 힘들어하는 것 같아도 항상 꽤 여유가 있어 보인단 말이죠…….”

“체력이 대체 얼마나 되는 거야……? 사람은 겉만 봐선 모른다니까…….”

그렇게 일동이 중얼중얼 대화하고 있으니.

“뭔가…… 미안해, 애들아…….”

갑자기 앨빈이 사과했다.

일동의 시선이 앨빈에게 모였다.

"응? 뭐가 미안해?"

"왜 사과하시죠?"

"그게…… 시드 경을 멋대로 교관 기사로 삼아 버려서…… 미안."

그런 앨빈의 말에 일동이 눈을 깜빡였다.

"물론 나는 각오하고 있었어. 장래 왕이 되기 위해…… 무슨 일을 해서든 강해지겠다고. 그래서 시드 경에게 부탁했어."

"……."

"하지만 너희까지 끌어들여 버렸어. 정말 미안해. 만약 못 버티겠다 싶으면 내가 시드 경에게 말할게. ……희망자는 시드 경의 지도에서 빼 달라고……. 그러니까……."

그러자.

일동은 서로 얼굴을 마주 보고서 의미심장하게 웃었다.

"……애들아?"

그런 일동의 모습에 이번에는 앨빈이 눈을 깜빡거렸다.

"무슨 소릴 하는 거야, 앨빈. 오히려 우리는 너한테 고마워하고 있어."

"맞아요."

"어?"

크리스토퍼와 일레인에게 뜻밖의 말을 듣고 앨빈이 말을

잇지 못했다.

“얘기 나온 김에 솔직히 말하자면. 역시 우리는…… 속으로는 무리라고 생각하고 있었어요……. 기사가 되는 거.”

“……!”

“검격의 차이는 정말로 절대적이었으니까. 우리가 아무리 필사적으로 노력해도 검격이 높은 녀석들과의 차이는 벌어질 뿐이었고…….”

“그리고 최근에는…… 훈련해도 전혀 성장하는 기분이 들지 않았으니까요…….”

리네트도 시선을 내리며 동의했다.

“하지만. 희망이 생겼어! 시드 경이 싸우는 거 봤지? 시드 경은 요정검 없이도 그렇게 강해질 수 있다는 걸 보여 줬어!”

“윌…… 지금은 사라진 전설 시대의 기술……. 확실히 그 영역까지 가는 건 불가능할지도 모르지만…… 조금이라도 그 영역에 다가갈 수 있다면…….”

“시드 경은 단언해 줬어요! 우리도 반드시 강해질 수 있다고! 기사가 될 수 있다고요! 시드 경은 우리에게 희망을 보여 줬어요!”

“맞아. 그러니까 이 정도 지옥은 아무런 희망도 없었던 하루하루와 비교하면 아무렇지도 않아!”

그렇게 뜨겁게 이야기하는 동료들을 보고 앨빈은 멍해질

수밖에 없었다.

그리고 그런 앨빈에게 일레인이 말했다.

"그뿐만이 아니에요, 앨빈. 앨빈이 이렇게 블리체 학급을 만들어 줬기에 우리는 기사를 목표할 수 있는 거예요. 명문 기사 집안 출신이면서 검격이 낮은 검에게만 선택받은 저는 기사의 길을 갈 수 없게 되었고 집에서도 쫓겨나 절망뿐이었어요. 한때는 자살도 생각했어요. 하지만…… 앨빈이 저를 구해 줬어요."

"……나도 그래. 앨빈 덕분에 평민 출신 낙오자인 나도 어릴 때부터 품었던 꿈을 계속 좇을 수 있어."

"저, 저도, 비슷해요……. 어떻게든 종기사가 된 덕분에 장학금을 받아서…… 몰락 귀족인 저희 가족은…… 굶지 않고 살 수 있어요."

일레인의 말에 크리스토퍼와 리네트도 차례차례 대답했다.

"그리고…… 앨빈, 3대 공작가에 맞서는 건 큰일이잖아요?"

"맞아. 어려운 정치 얘기는 잘 모르는 나도 그 정도는 알아."

"3대 공작가는…… 기사 서훈을 위해 학급에 들어오고 싶으면 자기 밑으로 들어오라고…… 왕자님에게 통보했다고 했죠?"

"왕위 계승의 원칙을 역으로 이용하다니…… 비겁한 녀석들이야!"

"하지만 앨빈은 그걸 거부했어요. ……이 나라를 진정한 의미에서 지키기 위해."

일레인이 앨빈의 손을 잡고 똑바로 바라보았다.

"자신감을 가지세요. 제가 만약 기사가 된다면…… 앨빈의 기사가 되고 싶으니까요."

"맞아, 나도."

"저, 저도요! ……섬길 거면 왕자님이 좋아요!"

"얘, 얘들아……."

감격한 듯 눈을 찡그리는 앨빈에게.

"요컨대 얕잡아 보지 말라는 거야."

지금까지 조금 떨어진 곳에서 침묵하던 세오도르가 대뜸 중얼거렸다.

"우리는 스스로 생각하고 선택해서 여기 있어. 네가 우리에게 부채 의식을 가질 필요는 없어. 너는 왕자야. 차기 왕이야. 당당히 행동하면 돼."

"……고, 고마워."

동료들의 말에 앨빈이 기뻐하며 미소 지었다.

"다행이네요, 앨빈!"

텐코가 그런 앨빈을 옆에서 껴안았다.

"물론 저도 있어요! 저는 언제까지나 앨빈의 기사예요! 온갖 고난으로부터 앨빈을 지켜 내겠어요! 괜찮아요. 잘될 거예요. 분명……."

"텐코…… 응……."

반년간 블리체 학급에서 생사고락을 함께한 동료들의 말에 앨빈의 가슴이 벅차올랐다. 기뻐서, 낯간지러워서.

힘든 길을 고른 것이 결코 헛된 선택이 아니었다는 생각이 들어서.

하지만.

그렇기에 앨빈은 생각하고 말았다.

'……괴로워.'

최근 동료들과 지내다 보면 때때로 견딜 수 없는 죄책감과 중책에 가슴이 미어졌다. 바로 지금처럼.

왜냐하면—.

'나는 언제나 동료들을…… 그리고 백성들을 속이고 배신하고 있으니까.'

하지만 앨빈은 그런 속마음을 조금도 드러내지 않고서.

"슬슬 쌀쌀해질 거야. ……다들 들어가자."

그렇게 일동을 재촉해 성내로 돌아갔다.

————.

—그날 밤.

캘바니아성 상층.

왕족 거주구의 가장 안쪽에 있는 침실에서.

“…….”

앨빈은 잠들지 못하는 밤을 보내고 있었다.

램프의 불을 끈 어둠 속에서 침대에 누워 허공을 바라보고 있었다.

앨빈은 낮에 동료들과 나눴던 대화를 속으로 반추했다.

이런 자신을 지지해 주는 동료들. 미래의 왕이라고 인정해 주는 동료들.

……잠이 오지 않았다. 도저히 잘 수 없었다.

원래부터 앨빈에게는 이따금 이런 밤이 있었다.

그런 밤에는…….

“…….”

앨빈은 침대에서 슬며시 몸을 일으켰다.

정면의 문을 열면 시드에게 배정된 방이 나온다.

밖에서 이 침실에 들어오려면 반드시 그 방을 지나야 했다. 호위인 시드가 지낼 방으로는 딱 좋았다.

앨빈은 살금살금 그 문으로 다가갔다.

그리고 소리 내지 않고 살짝 문을 열어 방 안의 모습을 살폈다.

“드르렁…… 드르렁…….”

시드는 침대 위에 대자로 누워서 자고 있었다.

솔직히 호위로서 괜찮은 건가 따지고 싶지만.

시드가 자고 있음을 확인한 앨빈은 침실 구석에 있는 거울 앞에 섰다.

한동안 거울을 빤히 바라보다가…… 살며시 경면을 만졌다.

거울의 표면이 마치 수면처럼 일렁이고…… 손이 거울 속으로 가라앉았다.

이 거울은 앨빈만이 아는 요정계 입구였다.

앨빈은 망설이지 않고 거울 속으로 들어갔다.

거울을 빠져나가니—.

아름다운 은빛 달이 밤하늘에 떠 있는 청정한 숲속이었다.

찾아오는 이를 어머니처럼 포근하게 감싸는 상냥한 어둠. 뺨을 어루만지는 기분 좋은 밤바람.

앨빈은 희미한 달빛을 의지하여 조용히 숲 안쪽으로 걸어갔다.

걸어갈수록 공기에 감도는 깨끗한 물의 기운과 냄새가 짙어졌다.

숲을 빠져나가…… 탁 트인 곳으로 나왔다.

맑은 물을 담은 작은 샘이 있었다.

거울 같은 수면은 달빛을 반사해 반짝반짝 빛났다.

물가에서는 반딧불이가 춤춰서 실로 환상적인 풍경이 펼쳐져 있었다.

"……."

앨빈은 주변의 기척을 주의 깊게 확인하고…… 나무 그늘에서 옷을 벗기 시작했다.

스르르…… 옷 스치는 소리와 속옷이 떨어지는 소리가 숲의 정적 속에 작게 울렸다.

하지만 숲의 어둠 속에서 어렴풋이 보이는 그 몸매는—남성적이라기보다 어딘가 여성적이었다.

앨빈은 신기한 힘이 느껴지는 빗을 꺼냈다.

그것으로 머리를 빗자 긴 머리카락이 펼쳐졌다.

이윽고 실오라기 하나 걸치지 않은 모습이 된 앨빈은 샘물 속에 살며시 발을 담갔다.

찰박…… 작게 물소리가 울렸다.

위에서 쏟아지는 달빛을 막아 줄 나뭇가지는 이제 없었다.

은은하게 내리는 달빛 속에 앨빈의 나체가 드러났다.

소녀였다.

앨빈의 몸은 남성이 아니었다. 틀림없는 여성의 몸이었다.

순금을 녹여서 푼 것 같은 긴 금발, 요염한 목덜미, 팔다리를 그리는 우아한 선, 싱그럽고 탄력 있는 하얀 피부. 키가 작은 편이긴 하지만 청초하고 아름다운 능선을 그리는 가슴은 「여성」을 확실하게 주장하고 있었다.

그녀를 구성하는 모든 것이 예술품 같았다.

평소 주위 사람들에게는 꼭꼭 숨기고 있는 진정한 자신을 지금 마침내 해방하고서 앨빈은 안도의 한숨을 쉬었다.

"……휴우."

호수에 내려앉은 미의 요정이라고 형용해야 할까.

앨빈은 얕은 곳에 앉아 참방참방 목욕하기 시작했다.

양손으로 물을 떠서 몸에 끼얹고 팔다리를 씻었다. 머리에 물을 뒤집어쓰고 정성껏 빗었다.

희고 고운 피부를 따라 물방울이 흘렀다. 달빛을 반사하여 반짝반짝 빛났다.

손을 모아서 뜬 수경에 자신의 얼굴을 비추고 빤히 바라보았다.

해방감이 드는 곳에서 남몰래 목욕하는 앨빈의 얼굴은 진심으로 편안해 보였다.

—하지만.

부스럭!

뒤에서— 앨빈이 왔던 방향에서 갑자기 소리가 났다.

"……?!"

그 순간 앨빈의 몸이 움찔 떨리며 굳었다.

'말도 안 돼! 누구지?! 여기는 나 말고 아무도 모를 텐데?!'

앨빈은 순간적으로 소리가 난 곳을 돌아보았다.

언제 왔는지.

팔짱을 낀 채 샘과 면한 숲의 나무에 등을 기댄 한 남자가 있었다.

"안녕, 앨빈. 설마 이런 곳이 있을 줄은 몰랐어."

시드였다. 완전히 잠들어 있었을 터인 시드가 어째선지 그곳에 있었다.

"놀랐어? 미안해. 나는 아무리 깊이 잠들었어도 뭔가 이변이 생기면 순식간에 깨는 타입이거든. 너의 기척이 갑자기 사라져서 찾으러 왔어."

"……무슨."

"하지만 칭찬받을 만한 행동은 아니야. 아마 너만 아는 비밀 장소겠지만, 역시 혼자 오는 건 부주의해. 목욕하고 싶다면 그러고 싶다고 솔직히 말해 줘. ……나는 네 호위야. 그 정도는 언제든 편의를—."

시드와 앨빈의 눈이 마주쳤다.

그리고 시드의 시선이 앨빈의 모습을 머리끝부터 순서대로 스캔했다.

"……응? ……어어? ……이봐, 진짜야?"

그 순간, 역전의 기사인 시드가 드물게도 말문이 막혀 눈을 동그랗게 떴다.

앨빈의 몸을 보고 마침내 정체를 눈치챈 것이다.

"하하하, 이거 참…… 난감하네. 내 눈은 장식이었어."

"~~읏?!"

휙! 앨빈이 황급히 가슴과 음부를 손으로 가리고 새빨개져서 고개를 숙였다.

시드도 멋쩍어하며 앨빈에게서 등을 돌리고 머리를 긁적

였다.

한동안 뭐라 말할 수 없는 침묵이 두 사람 사이에 흐르다가…….

이윽고 결심한 듯 시드가 물었다.

"……으음, 너, 앨빈이지? 사실은 쌍둥이 여동생이 아니라."

그런 시드의 말에.

"아, 으…… 으…… 그게, 그러니까……."

앨빈은 덜덜 떨 수밖에 없었고.

그 침묵이 무엇보다도 확실하게 진실을 이야기했다.

"이거야, 원. 앨빈…… 너, **여자**였나……."

그렇게 어이없어하는 시드의 중얼거림이 밤의 정적 속으로 사라졌다.

"……얘기…… 들을 수 있을까?"

시드의 말에 앨빈— 아니, 지금은 알마가 고개를 끄덕였다.

알마는 어느새 평소와 같은 기사복을 입고 있었다.

길게 자랐던 머리카락도 신기한 빗으로 빗으니 평소의 길이로 돌아왔다. 빗어서 머리카락 길이를 바꾸는 마법의 빗인 듯했다.

두 사람은 샘 근처에 있는 거목에 등을 기대고서 나란히 앉아 하얀 달이 비치는 수면을 바라보고 있었다.

결심한 듯 알마가 조금씩 이야기하기 시작했다.

"얘기라고 해도…… 별로 말할 내용은 없지만요……."

뭔가를 포기한 것처럼 알마는 공허한 눈으로 말했다.

"모르시나요? 캘바니아 왕국은 대대로 남자 왕이 다스리는 나라. 이 원칙에 따라서 여자는 왕이 될 수 없어요."

"……흐응? 그런 낡아 빠진 원칙이 아직도 있구나."

"선왕 아르드…… 제 아버지는 근래 약체화된 왕가의 왕이면서도 3대 공작가를 잘 억제하며 최대한 선정을 펼친 어진 왕이었어요. 그런 아바마마의 유일한 실책이…… 후사가 없다는 거였죠."

"……."

"왕가의 통치권이 사라지면 3대 공작가가 왕국의 주권을 잡아요.

이런 세계정세 속에서 타국 침략을 꾀하는 뒤란데 공, 자신의 사치를 위해 백성을 착취할 생각만 하는 오르토르 공, 이 왕국을 다른 나라에 팔아넘기려고 하는 앤서로 공…… 이들이 대두하면 이 나라는 끝이에요.

이 나라의 백성을 위해서도 왕가의 대가 끊어지게 할 수는 없었어요. 그래서 아바마마가 쓴 고육지책이……."

"알마 공주. 너를 남자로…… 앨빈 왕자로 만들어서 후계자로 앉힌 건가."

"……네."

알마는 무릎을 끌어안고 얼굴을 묻었다.

작게 떨리는 몸은 그녀의 갈등과 고뇌의 발로였다.

“참 어리석은 일이에요. 백성을, 모두를 속이고, 배신하고…… 하지만 다른 방법이 없었어요. 그게 왕족의 책무…… 그래서 저는 남자로서, 줄곧…….”

“…….”

시드는 감정을 읽을 수 없는 표정으로 입을 다물었다. 공허한 눈은 수면을 헤매고 있었다.

“물론 저는 평생 남자로 살기로 각오했어요. 하지만…… 이따금 여자로 돌아가고 싶을 때가 있어요……. 모두를 속이고 있다…… 배신하고 있다…… 그렇게 강하게 자각했을 때…… 한없이 충동적으로 여자로 돌아가고 싶어지는 때가…… 있어요…….”

눈물을 뚝뚝 흘리며 알마가 고개를 들었다.

한없이 여자로 돌아가고 싶어지는 때…… 그게 지금이었다.

“나 말고 이 비밀을 아는 사람은?”

“……이자벨라와…… 어릴 때부터 친구였던 텐코뿐이에요.”

“그런가.”

“네. 그러니…….”

알마가 고뇌하는 얼굴이 되어 시드의 손을 양손으로 잡았다.

그리고 시드를 똑바로 바라보며 간청하듯 말했다.

"부디…… 부디 이 얘기는 비밀로 해 주시면 안 될까요? 제가 여자라는 사실이 만에 하나 세상에 알려지면 전부 끝이에요…… 왕가도, 이 나라도, 백성도!"

"……."

"저는 왕이 되어야만 해요…… 아바마마의 뜻을 이어서 이 나라를 지켜야 해요…… 그러니까……! 부탁드려요……!"

"……."

"만약 이 사실을 가슴속에 묻어 주신다면……."

알마는 그렇게 말하고서…….

"경이 바라는 건 뭐든 하겠어요……."

결심한 듯 시드 앞으로 이동했다.

그리고 몸을 내밀어 서로의 숨이 느껴지는 거리에서 마주 보았다.

이윽고 알마는 각오한 표정으로, 그래도 부끄러운 듯 얼굴을 새빨갛게 물들이고서.

눈을 내리뜨고. 가슴께로 손을 가져가 앞섶의 단추를 하나씩 풀며.

다시 천천히 옷을 벗기 시작했다…….

"그래요…… 경이 바란다면, 뭐든…… 설령, 저를……."

하지만.

"어이쿠, 거기까지만 해."

시드가 손을 내밀어 벌어진 옷을 여몄다.

그리고.

"……시드 경……? 아, 아야?!"

시드는 손날로 알마의 정수리를 때렸다.

"바보야. 왕이 되려는 이가 자신을 싸게 팔아넘기지 마. 정말이지…… 너는 대체 언제쯤 나의 주군 후보 수습 대리 보좌에서 벗어날래?"

하지만 그렇게 말하는 시드의 표정은 한없이 온화하고 상냥했다.

시드는 얼이 빠진 알마의 머리에 손을 얹고 머리카락을 헝클었다.

"아……."

"괜찮아, 걱정하지 마. 네가 여자든 남자든, 아르슬을 향한 내 충성은 변함없어. 나는 너를 온갖 적의와 악의로부터 지킬 거야. 그러니까 안심해."

"……으……."

갑자기 알마는 코끝이 찡해지고 눈시울이 뜨거워졌다.

시야가 점차 일그러졌다…….

그런 앨빈에게 시드가 다정하게 말했다.

"나는 너를 진심으로 존경해. 여자의 몸으로 왕이 되려고 하다니…… 심지어 그걸 숨기고서. 빈약한 내 머리로는 상상도 못 할 중압감이겠지. 그 무게를 너는 그 가냘픈 몸으로 지금까지 필사적으로 버텼잖아?"

"……아…… 아아……."

"너는 훌륭해. 자랑스럽게 여겨. 당당해져."

그렇게 알마의 머리를 쓰다듬는 시드에게.

"시드 경…… 부탁이 있어요……."

"뭔데?"

알마가 떨리는 목소리로 말했다.

"오늘 밤은…… 조금만…… 조금만 더…… 여자로 있으면 안 될까요……?"

그런 알마의 요구에.

"그래, 마음대로 해."

시드는 상냥하게 대답했다.

그러자 알마는 시드의 품에 와락 안겼다.

그리고—.

"훌쩍…… 흑…… 으으…… 으아아아아아앙!"

시드의 품속에서 어린아이처럼 몸을 떨며 울었다.

"……."

시드는 그런 알마의 머리를, 등을, 말없이 계속 쓰다듬었다.

언제까지고.

……언제까지고.

————.

—이튿날.

텐코는 아침부터 기분이 안 좋았다.

무거운 전신 갑옷을 입고서 달리는 지옥 같은 훈련에 대한 불만은 아니었다.

앨빈과 시드 때문이었다.

"그래, 잘하고 있어, 앨빈."

"네!"

시드가 앨빈에게 윌을 이용한 검술을 지도하고 있었다. 앨빈은 학생들 중에서 윌에 가장 소질이 있어서 한발 먼저 앞서 나간 것 같았다.

"가르쳐 준 박자(리듬)대로 더 깊이 숨을 들이마셔. 바깥에서 혼으로 들인 마나의 흐름을 느껴. 마나가 가득 차서 작게 불이 붙은 혼 안에 대량의 공기를 보내 세차게 태우는 이미지야. 요정검으로부터 마나를 받는 감각은 일단 잊어버려."

"네!"

"윌을 태워서 얻은 마나를 온몸에 보내는 거야. 호흡하여 빨라진 혈류에 마나를 실어서 몸 구석구석으로 운반하는 이미지……「마나로 길을 만드는」 거야."

시드의 엄격하면서도 열띤 지도를 받으며 앨빈이 열심히 검을 휘둘렀다.

"이, 이렇게요?"

"틀렸어. 그래서야 그저 마나를 쓸데없이 체외로 발산하고 있을 뿐이야. ……좋아, 지금부터 내가 너 대신 몸에 마나를 흘리겠어. 이 감각을 잘 기억해서 따라 해."

"……네!"

시드는 하나하나 친절하게 앨빈을 가르쳤다.

"아…… 뭔가 지금 일순 몸이 뜨거워지면서 평소보다 빠르게 검을 휘두를 수 있었던 것 같아요."

"호오? 벌써 편린을 잡은 건가. 너는 역시 소질이 있어."

"네?"

"그게 「마나로 길을 만드는」 감각이야. 마나를 손발에 보내면 평소보다 뛰어난 신체 능력을 발휘할 수 있고, 요정검에 보내면 더 강한 요정마법을 쓸 수 있어."

"바, 방금 그게……."

"그래. 하지만 아직 멀었어. 방금 네가 쓴 월은 기껏해야 몸이 조금 따뜻해지고 컨디션이 좋아지는 정도잖아?"

"네……."

"월에는 그걸 넘어선 영역과 기술이 수없이 많아. 하지만 뭐…… 우선은 그렇게 월을 태워서 마나를 손발과 검에 보내는 걸 익혀. 그것만으로도 충분히 강해질 수 있어."

"네!"

앨빈은 기뻐하며 시드에게 대답했다.

그리고 다시 일대일 지도가 시작됐다.

그런 두 사람을 텐코는 불퉁한 눈으로 노려보고 있었다.

'시드 경이 앨빈을 가르치는 건…… 딱히 상관없어요. 하지만—.'

그렇게 텐코가 응시하는 시선 끝에서.

"헉…… 헉…… 하아…… 하아……! 콜록!"

"좋아. 일단 쉴까."

"아, 아뇨! 더 할 수 있어요!"

"앨빈?"

"한 번 더…… 한 번만 더 부탁드려요! 조금 전의 감각을 잊고 싶지 않아요!"

앨빈이 시드에게 매달리듯 다가갔다.

"하지만…… 지금의 너에게 내 마나는 너무 강해. 너무 많이 흘리면 네 몸에 부담이 가."

"하지만 저는 한시라도 빨리 강해지고 싶어요…… 장래 훌륭한 왕이 되기 위해! 제게는 멈춰 서 있을 여유 따위 없어요! 그러니까—."

그런 앨빈의 열의에 졌는지.

"어쩔 수 없지."

시드가 쓴웃음을 지으며 대답했다.

"과도하게 무리하는 건 좋지 않지만, 쇠뿔도 단김에 빼라고 하니까. 좋아, 조금만 더 하는 거다?"

"네! 감사합니다!"

앨빈이 시드에게 등을 돌리고 몸을 맡기듯 힘을 뺐다.

시드는 그런 앨빈의 뒤에서 앨빈의 왼쪽 어깨와 검을 쥔 오른쪽 손목을 잡았다.

필연적으로 시드와 앨빈의 몸이 밀착했다.

"간다? 조금 강하게 흘릴 거야. 힘들지도 모르지만 영적인 감각으로 확실하게 그 흐름을 잡아 봐. 윌에 의한 자신의 마나 흐름을 내가 흘리는 마나에 맞추는 거야."

"네…… 자, 잘 부탁드려요……."

그렇게 말한 앨빈은 눈을 감고 정신을 집중하여 심호흡하기 시작했다.

그리고 시드의 손이 이끄는 대로 천천히 검을 휘둘렀다.

텐코가 자세히 보니 앨빈의 뺨이 살짝 상기되어 있었다.

열심히 훈련하느라 체온이 상승해서 뺨에 열이 오른 것과는 성질이 달라 보였다.

앨빈은 훈련에 몰두하면서도 시드에게 몸을 맡기는 것에 완전히 안도한 것처럼 보였다.

텐코는 앨빈을 보고 평범한 훈련을 넘어선 기묘한 위화감을 느꼈다.

"저, 저건 뭐죠……?"

아무래도 이상한 두 사람의 모습에 텐코의 눈이 가늘어졌다.

까놓고 말해서 두 사람의 거리감이 묘하게 가까운 것 같았다.

그러고 보면 오늘 아침부터 앨빈의 모습이 이상했다. 시드는 평소와 똑같지만 앨빈 쪽에서 묘하게 시드를 따르는…… 그런 분위기였다.

그리고 휴식 중이던 다른 학생들도 그런 두 사람의 상태를 눈치챈 듯했다.

"……어, 어떻게 된 걸까요? 저 두 사람……."

"그런 훈련……이라고 한다면 그렇게 볼 수도 있지만……."

리네트와 일레인이 이상하다는 듯 고개를 갸웃했다.

"어떻게 생각하나요? 텐코."

"따, 딱히! 앨빈이 우리보다 한발 앞섰기에 먼저 다음 단계로 넘어갔을 뿐이잖아요! 생각하고 자시고……."

텐코가 자신을 타이르듯 그렇게 말했을 때였다.

"아하~? 교관님이랑 앨빈 녀석…… 그렇고 그런 사이가 된 거구나?!"

크리스토퍼가 의기양양한 얼굴로 그런 말을 하기 시작했다.

"무슨—?!"

"네에에에에?! 자, 잠시만요! 두 사람은 모두 남자예요!"

"그, 그그그, 그런 건! 좋지 않다고 생각해요! 하아하아!"

일레인이 새파래졌고, 리네트는 어째선지 얼굴이 새빨개

져서 흥분했다.

"아니, 모르는 거야. 앨빈은 남자인 내가 봐도 가끔 무심코 두근거릴 만큼 관능적일 때가 있으니까! 옛날 기사 이야기를 봐도 아름다운 기사 간의 탐미적 이야기는 비교적 단골 메뉴이니 어쩌면—."

그런 크리스토퍼의 말은.

"……어쩌면…… 뭐요?"

뼛속까지 얼어붙는 목소리에 차단당했다.

어느새 텐코가 검을 뽑아 들고 크리스토퍼의 목을 겨누고 있었다.

"헉?! 아, 아무것도 아닙니당!"

"흥!"

크리스토퍼를 조용히 만든 텐코가 검집에 검을 넣었다.

그리고 혼자 생각했다.

'무슨 일이 있었는지 전혀 모르겠지만! 저와 앨빈의 유대감을 이기지는 못할 거예요! 저는 앨빈의「비밀」을 아는 얼마 없는 친구니까요!'

흐흥, 텐코는 우쭐대며 안쓰럽게 의기양양한 얼굴을 했다.

그렇게 자신의 우위를 확인하여 마음의 균형을 잡으려고 했지만.

그런 텐코 뒤에서…….

"아! 시드 경! 방금 그거?!"

"그래. 윌을 배운 지 며칠 만에 그 정도면 잘하는 거야."

"해냈다! 감사합니다!"

앨빈이 시드의 손을 잡고 기쁘게 웃으며 방방 뛰고 있었다.

"근데 너는 정말로 빠르네? 전설 시대의 기사도 윌의 감각을 파악하기까지 그런대로 시간이 걸렸는데."

"아하하, 분명 시드 경이 잘 가르쳐 주셔서 그럴 거예요!"

"흣, 왜 그렇게 들떴어."

시드가 앨빈의 머리를 푹 눌렀다.

"차분하게 의식해야 쓸 수 있는 지금 상태로는 전투에서 쓸 수 없어. 지금까지 그랬던 것처럼 평범하게 요정검에 업혀 가는 편이 훨씬 강해. ……아직 갈 길은 멀어."

"알고 있어요! 앞으로도 잘 부탁드립니다!"

"……그래, 맡겨 둬."

시드는 그대로 앨빈의 머리를 헝클었고.

"……♪."

앨빈은 기쁜 얼굴로 그것을 받아들여서…….

'여, 역시 저 《야만인》은 마음에 안 들어요! 으으으으~~!'

텐코는 혼자 분노와 질투를 불태웠다.

제5장 왕도의 변

—그날.

캘바니아성 내부는 큰 혼란에 빠졌다.

"북쪽 마국이 움직였다고……?!"

캘바니아성 중층의 군사회의실.

지금 앨빈 앞에는 긴급 소집된 각 대신과 캘바니아 요정 기사단의 각 단장, 왕국 일반 병단의 장교들이 모여 있었다.

파발로 달려온 전령병의 보고에 회의실이 시끄러워졌다.

"예! 북쪽 마국 다크네시아에서 갑자기 유령기사 2천이 나타났습니다! 데스팰리스 산맥을 넘고 국경 요새를 돌파하여 현재 왕도 캘바니아를 향해 맹렬한 속도로 진군 중입니다! 아마 사흘 내로 왕도에 도착할 것 같습니다!"

그런 전령병의 보고에 일동이 소란을 피웠다.

"유령기사라고……?! 마왕을 따르는 그 저주받은 첨병들이……?!"

"말도 안 돼……! 근래 오푸스 암흑교단이 구 마국을 거점 삼아 활동을 재개했다는 얘기는 들었지만, 설마 마국 다크네시아까지 움직일 줄이야……!"

"하지만 왜 이제 와서 유령기사가?! 그 저주받은 사령기사들은 마왕의 명령만을 들을 텐데……!”

“설마 마왕의 후계자가 마국에 나타났다는 소문이 진짜였나……?!”

그렇게 동요하고 곤혹스러워하는 일동에게.

“여러분, 진정하세요.”

섭정, 호반의 여인의 수장 이자벨라가 의연히 말했다.

“마국과 오푸스 암흑교단의 실정을 파악하는 건 나중에 하죠. 지금은 이 갑작스러운 국난에 대처하는 게 먼저예요.”

그리고 이자벨라는 군무대신을 힐끗 보며 물었다.

“현재 이 상황에 즉각 대응할 수 있는 왕국 측의 전력은 어느 정도죠?”

“왕도를 지킬 최소한의 수비를 제외하면 요정기사 2천. 그리고 일반병 1만입니다.”

“유령기사의 전투 능력 앞에서 요정검이 없는 일반병은 도움이 되지 않아요. 그걸 생각하면 총력을 들여서 어떻게든 아슬아슬하게 밀어낼 수 있겠네요……. 각 요정기사단의 관계자는 바로 출진을 준비해 주세요.”

이자벨라가 일동에게 척척 지시를 내리고 있으니.

“그렇지. 이번 싸움은 우리가 나설 수밖에 없어. 물론 흔쾌히 나서겠지만.”

당당히 상석에 앉은, 몸집이 크고 거만해 보이는 중년 남성이 입을 열었다.

캘바니아 요정기사단 제1단, 통칭《빨강 기사단》단장 뒤란데 공작이었다.

"네, 당연하죠. 유령기사의 전투 능력을 생각하면 그 녀석들에게 대항할 수 있는 건 요정기사뿐이에요. 전투의 중핵이 되며 진두에 서서 적을 막는 건 우리예요."

안경을 쓴 요염한 여성도 의기양양한 얼굴로 뒤따라 말했다.

캘바니아 요정기사단 제2단, 통칭《파랑 기사단》단장 오르토르 공작이었다.

"그렇게 되면 피를 보는 것도 저희고……. 물론 왕국의 방패인 우리 기사들이 이 국난에 맞서 아픔을 감수하는 것은 당연한 일이지만 말이죠."

연령 미상인 아름다운 금발 남성이 머리카락을 쓸어 올리며 말했다.

캘바니아 요정기사단 제3단, 통칭《초록 기사단》단장 앤서로 공작이었다.

이 세 명이 바로 왕가와 함께 캘바니아 왕국을 지탱하는 기둥이자 수호자, 3대 공작가의 현 가주들이었다.

이 타이밍에 나온 공작들의 말에 이자벨라가 눈을 가늘게 떴다.

"……대체 무슨 말씀을 하고 싶으신 건가요?"

"이번 싸움…… 이렇게나 저희의 부담이 크지 않습니까?

왕가에서 앞으로 저희에게 뭔가 「배려」나 「대우」를 해 줘도 좋을 것 같아서 말입니다."

그 말이 끝나기가 무섭게 장내가 어수선해졌다. 3대 공작가는 이번 난리를 이용해 자신들의 이권을 더 향상시키려 하고 있었다.

"국왕은 요정기사단을 포함한 캘바니아 왕국군의 최고 사령관입니다. 왕가의 칙명에 따라 군대를 파견하는 것은 지극히 당연한 일입니다."

이자벨라는 그렇게 반론했지만.

"네, 옳으신 말씀입니다. 저희의 지위와 영지는 왕가로부터 받아서 보장되고 있지요. ……이 왕국을 위해 분골쇄신하는 것은 지극히 당연한 일입니다."

"하지만 안타깝게도 그 왕가의 주인인 국왕은 현재 부재 상태예요. 차기 왕위 계승자는 계시지만."

오르토르 공작이 가장 상석에 앉은 앨빈을 힐끔 보았다.

"……!"

앨빈은 묵묵히 그 시선을 받아들일 수밖에 없었다.

"그리고 이자벨라 님. 이자벨라 님은 왕가와의 옛 맹약에 따라 《호반의 여인》의 수장으로서 현재 국정을 대행하고 계시지만…… 결국 왕의 대리에 불과합니다. 즉, 우리 3대 공작가는 이번 파병에 응할 의무도 의리도 없단 거죠."

"맞아요. 우리는 왕가와 국왕 폐하에게 충성을 맹세하는 기사니까요."

"그런 염치없는 궤변을 잘도 떠드는군요. 이 국난을 이용하면서까지 자신들의 지위 향상과 이권 획득을 노리겠다는 겁니까."

이자벨라가 고요한 분노를 담아 내뱉었다.

"아뇨, 그런 게 아닙니다. 그저…… 저희만 피를 흘리는 건 너무 불공평하다는 거죠. 왕과 가신은 고통을 함께 나누는 존재가 아닙니까?"

"자신은 아무런 피해도 보지 않으면서 우리에게만 기사를 내놓으라 하고, 우리가 고통받는 것을 강 건너 불구경하는 것이야말로 불합리한 이야기이지 않은가?"

"왕가는 그걸 어떻게 보상해 줄 것인지, 저희는 그걸 물어보는 거예요."

"큭……."

이자벨라가 분한 듯 주먹을 움켜쥐었다.

이 나라는 이런 나라였다. 국왕은 확실히 왕국군의 총사령관이지만 어째선지 직접 지휘할 수 있는 요정기사단을 가지고 있지 않았다.

애초에 캘바니아 왕립 요정기사 학교부터 이상했다. 뒤란데 학급, 오르토르 학급, 앤서로 학급…… 각 학급의 학생들은 졸업 후 통례에 따라 뒤란데 공작의 《빨강 기사단》, 오르토르 공작의 《파랑 기사단》, 앤서로 공작의 《초록 기사단》에 편입되었다.

그렇기에 앨빈은 선왕 아르드가 발안한 것을 이어받아 자신이 직접 지휘할 수 있는 요정기사단을 결성하기 위해 블리체 학급을 신설한 것이었다.

"흠. 그러네요…… 이번 국난을 극복하면 저희에게……."

아무런 대꾸도 못 하는 이자벨라에게 앤서로 공작이 뭔가 이권을 요구하려고 했을 때였다.

"요컨대 뭐야?"

갑자기 한 청년이 말을 꺼냈다.

앨빈 뒤에 그림자처럼 서 있던 기사였다.

"왕족인 앨빈도 본인이 키운 기사를 보내면 불만 없는 거지? 그럼 내가 가 줄 수도 있어."

—시드였다.

1000년간의 죽음에서 최근 깨어나 앨빈 왕자의 휘하에 들어갔다는 기사.

전설 시대 최강이라고 평가받는 기사—《야만인》 시드 경.

이미 시드의 존재는 왕국 상층부에 알려져 있었다.

시드가 발언하자 사람들의 주목을 받았다.

"시드 경…… 《야만인》 시드 경이 이번 싸움에 참전한다고……?"

"듣자 하니 요정계에 나타난 요마 키리무를 혼자 격파했다던데……."

"말도 안 되는 소리! 아무리 전설 시대의 기사라지만 그런 일을 어떻게 하겠나!"

"애초에 저런 남자가 정말로 전설 시대의 기사일 리가—."

군 관계자와 대신들이 그렇게 숙덕거렸다.

그리고.

"으하하하하하! 웃기는군!"

탕! 뒤란데 공작이 주먹으로 테이블을 치고서 시드를 노려보았다.

"기사를 보내면 된다고? 멍청하기는. 귀공 한 명이 참전해서 대체 뭘 할 수 있겠는가?!"

"그러니까 말이에요. 우리가 대체 얼마나 많은 전력을 보내는지 생각을 좀 하고 발언해 주셨으면 좋겠네요."

"애초에 경 한 사람이 요정기사 2천에 필적할 리가……."

오르토르 공작과 앤서로 공작도 시드를 야유했지만.

"내가 더 강해."

시드는 전혀 주눅 들지 않고 당당히 말했다.

"뭐라고?"

"못 들었어? 이번에 움직이는 너희의 요정기사 2천…… 그 녀석들을 다 합쳐도 내가 더 강해."

일순 조용해졌다가.

다음 순간, 장내가 대폭소에 휩싸였다.

"으하하하하하! 무슨 말도 안 되는 소리인지!"

"전설 시대의 기사님은 아무래도 농담을 매우 좋아하시나 봐요!"

"《야만인》 말고 《광대》라고 하시는 게 어떻습니까?!"

그렇게 떠드는 일동 앞에서 시드는 곤란한 듯 뺨을 긁적였다.

"으음~ 사실인데 말이지. ……뭐, 딱히 상관없나."

그리고 시드는 기분을 전환하여 세 공작에게 물었다.

"어쨌든. 왕가 측에서는 내가 가겠어. 내가 너희의 기사들보다 성과를 올리면 그런 따분한 이권 교섭 얘기는 안 꺼내는 걸로 하자."

"……?!"

"서로 평등하게 피를 보는 거니까 「합리적」이잖아? 이러니저러니 해도 우리는 같은 깃발을 들고 같은 나라를 지키는 동료야. ……친하게 지내자고."

시드의 그런 대담한 말에.

단순한 광대가 아니라고 느낀 공작들이 표정을 다잡았다.

"……좋습니다."

앤서로 공작이 조용히 대답했다.

"만약 당신이 입만 산 게 아니라 정말로 그만한 성과를 올린다면 말이죠."

"좋아, 언질은 받은 거다?"

그리고 시드는 돌아가는 상황을 지켜보던 앨빈에게 고개

를 돌렸다.

"앨빈."

"시, 시드 경……."

"나머지는 네 판단에 달렸어. 어쩔래? 나는 아직 너에게 충성을 맹세하진 않았지만…… 적어도 네 힘이 되고 싶다고는 생각하고 있어."

시드가 앨빈을 똑바로 바라보았다.

"「기사는 진실만을 말한다」. ―네가 그러라고 명령한다면 나는 저 귀찮은 공작님들을 침묵시킬 만한 성과를 올리겠어. 하지만 네가 내 힘을 믿지 못하고, 실패해서 창피당하고 싶지 않다고, 자신의 입장을 더 악화시키고 싶지 않다고 생각한다면 거부해도 돼."

"……."

"……자, 어쩔래?"

뭔가를 시험하듯 대담하게 미소 짓는 시드를 보고.

앨빈은 한동안 눈을 감고 침묵하다가…… 이윽고 눈을 뜨고 선언했다.

"저는, 당신을 믿어요! 왕명이다! 시드 경, 북쪽 마국의 침공 방위전에 출격하여 내가 만족할 만한 성과를 올리게!"

"훗…… 꽤 임금님다워졌잖아? 잘했어."

앨빈의 그런 하명에 시드가 씩 웃었고.

동요와 곤혹, 다양한 의도와 파란이 가득했던 군사 회의는 막을 내렸다.

“……그런고로 지금 이 왕도에 위기가 닥쳤어.”
캘바니아성 하층.
안뜰과 면한 작은 성관에 있는 블리체 학급의 교실에서.
앨빈으로부터 이야기를 들은 학생들이 긴장한 얼굴로 서로를 마주 보고 있었다.
“그, 그런 거였나…….”
“그래서 오늘은 새벽부터 성내가 긴장감에 휩싸여 있는 거군.”
크리스토퍼와 세오도르가 땀을 흘리며 신음했다.
다른 학생들도 비슷한 얼굴로 침을 꼴깍 삼켰다.
시드가 앨빈의 이야기를 보충하듯 말했다.
“요정기사단은 왕도에 최소한의 수비를 남기고 전군 북쪽에서 오는 마국군 요격전에 출진할 거야. 기사 학교의 종기사— 즉, 너희는 각 학급의 교관 기사를 지휘관으로 한 소대를 편성하여, 왕도를 방위하는 요정기사단을 지원한다.”
그리고 시드는 시선을 옆으로 움직여 신묘한 표정으로 선 앨빈을 힐끗 보았다.
“하지만 나는 왕가의 기사로서 전선에 나가기에 블리체 학급 소대의 지휘관은 너다, 앨빈.”

"……!"

"만에 하나 전선이 뚫려서 적군이 왕도에 침입하면, 이 학급의…… 네 동료들의 명운을 네가 쥐게 돼. ……할 수 있겠지?"

그런 시드의 물음에.

"네! 맡겨 주세요!"

앨빈은 힘차게 고개를 끄덕였다.

"좋은 대답이야."

그런 앨빈을 보고서 시드는 만족스럽게 고개를 끄덕이고, 앨빈의 머리에 손을 올려 머리카락을 헝클었다.

"……아……."

앨빈은 시드의 손길에 일순 기뻐하며 살짝 웃었지만 곧장 불안한 표정이 되어 눈을 내리떴다.

"……왜 그래?"

"아뇨, 그게…… 일이 이렇게 되어서 죄송해요."

앨빈이 회한 어린 표정으로 말을 쥐어짰다.

"뭐가?"

"그…… 제 처지와 제멋대로인 요구 때문에 시드 경이 전선에 나가게 되어서요."

앨빈은 가만히 자신을 바라보는 시드에게 말했다.

"확실히 말해서 3대 공작가는 저를…… 왕가를 눈엣가시로 여기고 있어요. 대외적으로 제 휘하의 기사인 시드 경은…… 아마 전선에서 제대로 지원받지 못할 거예요. 이자벨라에게 경을 보좌해 달라고 부탁하긴 했지만…….”

“…….”

“물론 시드 경이 강하다는 건 알아요! 알고 있어요! 하지만 무슨 일이 일어날지 알 수 없는 게 전장이잖아요?!”

“그래, 맞아. 기억은 모호하지만…… 나도 예전에 그렇게 몇 번이나 전우들을 잃었어. 이런 전장에서 죽을 리가 없다고 생각했던 녀석들이 몇 명이나 세상을 떠났어.”

“……!”

그런 시드의 고백에 앨빈이 일순 말을 잇지 못했다.

“저는…… 불안해요……. 만약, 만에 하나, 시드 경에게 무슨 일이 생기면 어쩌나 싶어서……!”

“…….”

“……뭔가 불길한 예감이 들어요. 이 싸움으로…… 시드 경이 사라질 것 같은…… 그런 불길한 예감이…….”

“…….”

“만약 경이 사라진다면, 시드 경, 저는……!”

그렇게 앨빈이 뭔가를 말하려고 하자.

딱! 시드가 앨빈의 이마에 딱밤을 날렸다.

“아야?!”

“지휘관이 부하 앞에서 대놓고 불안해하지 마. 정말이지, 남들 위에 서는 왕으로서 조금 성장했나 싶더니 바로 후퇴하지 마."

하지만 그렇게 질책하는 시드의 표정은 상냥했다.

"걱정하지 마. 나는 이런 데서 죽지 않아. 그리고 너희도 죽게 하지 않아. ……고작 유령기사 2천이잖아? 한 놈도 전선 너머로 보내지 않겠어."

그리고 앨빈을 똑바로 바라보며 씩 웃었다.

"너희에게 기사로서 가르쳐 주고 싶은 게 아직 수두룩해. 그건 단순한 무력으로서의 강함에만 국한된 얘기가 아니야."

"시, 시드 경……."

"그러니까 너도 어떻게든 살아남아. 그리고 무슨 일이 생기면 거리끼지 말고 나를 불러. 내가 바로 달려와서 반드시 너를 지켜 줄게. ……알겠지?"

그러자 앨빈은 시드의 손을 잡아 품에 안고 말했다.

"……믿고 있어요. 무운을 빌게요."

"그래."

신뢰하는 눈으로 서로를 바라보는 시드와 앨빈.

그런 두 사람의 모습을.

"……앨빈……."

텐코는 어깨를 떨구고, 귀를 늘어뜨리고, 슬프게 바라보았다.

이리하여.

캘바니아 요정기사단을 주력으로 한 왕국군 총병력 2천은 왕도에서 출격했다.

향하는 곳은 마국의 유령기사 2천이 파도처럼 밀어닥치는 북방.

피아의 진군 속도를 역산해 볼 때 접적 예정지는 북쪽 산맥이 보이는 파봄 평원.

서로 기병이 주력인 대규모 기동전이 되리라고 예측되었다.

――――――.

적이 쳐들어온다.

10년 만에 촉발된 대규모 전투에 캘바니아 왕도가 소란스러워졌다.

만에 하나 전선이 붕괴하여 뚫렸을 때를 대비해 왕도 내에서는 여성과 아이를 우선적으로 캘바니아성에 피난시키기 시작했다.

캘바니아 왕립 요정기사 학교의 학생 중에서도 이미 실력을 인정받은 상급생은 요정기사단의 일원으로서 북쪽의 전선으로 출격했다.

그 외의 학생들은 학급별로 소대를 편성하여, 왕도를 경비하고 피난을 유도하는 왕도 방위대를 보좌하게 되었다.

블리체 학급의 학생들도 왕도 방위대를 보좌하는 소대였다.

앨빈은 왕족이지만 지금은 서훈을 받지 않은 종기사.

정식 기사 서훈을 받은 선배의 명령은 절대적이어서 선배 기사들의 지시에 따라 경비 임무를 수행했다.

“오, 오오…… 왕자님…….”

피난 유도 중에 지팡이에 매달리다시피 한 노파가 앨빈에게 다가왔다.

“무슨 일인가요? 할머니.”

“으, 으으…… 아아, 무서운…… 무서운 적이 오고 있다고 들었습니다…….”

“네. 하지만 캘바니아 요정기사단이 총력을 들여 요격하러 갔어요. 안심하세요.”

“오오오…… 죄송합니다…… 그래도…… 그래도 무섭습니다……. 저희는 무사히…… 무사히 내일을 맞이할 수 있을까요……?”

“그건…….”

말문이 막혀서 곧바로 대답하지 못한 자신의 실수를 앨빈은 부끄럽게 여겼다.

“아아, 아아…… 왜…… 왜 이런 일이……. 이럴 때 선왕 폐하가…… 아르드 임금님께서 계셨다면…… 아아……!"

지금은 죽고 없는 선왕 아르드…… 친부의 이름을 연신 외치는 노파를 보고 앨빈은 내심 씁쓸함을 억누를 수 없었다.

물론 노파는 나쁜 뜻으로 그런 것이 아니었다. 그저 불안한 거다.

그것이 무엇을 의미하는지는 알고 있었다. 즉, 자신은 아직 왕으로서 미숙했다. 백성의 믿음을 얻지 못했다.

하지만 앨빈은 좌절하지 않았다. 노파의 양쪽 어깨에 손을 얹고 진지하게 호소했다.

"괜찮아요, 할머니. 이 왕도는, 그리고 왕도에 사는 백성은 제가…… 그리고 왕국이 자랑하는 요정기사단이 목숨 걸고 지키겠어요."

"오오오…… 왕자님…… 앨빈 왕자님……."

"그러니 만일에 대비해 피난해 주세요. 괜찮아요. 괜찮으니까요."

안심시키듯 몇 번이고 그렇게 말하고서.

앨빈은 노파의 손을 이끌어 유도했다.

"후우…… 피난 유도는 아직까지 순조롭네……."

앨빈은 블리체 소대와 함께 큰길을 경비하며 주위를 둘러보았다.

불안해 보이는 민중이 왕도 방위대의 보호를 받으며 장사진을 이루어, 왕도에서 가장 보호가 견고한 캘바니아성을 향해 터덜터덜 걷고 있었다.

민중은 하나같이 불안한 표정을 짓고 있었다.

폭동이 일어나지는 않는지. 실랑이가 벌어지지는 않는지. 앨빈이 그렇게 주위를 경계하고 있으니.

"앨빈."

텐코가 빠른 걸음으로 다가왔다.

아까 큰길 건너편에서 민중 간의 실랑이가 벌어져서 보러 갔다가 돌아온 것이었다.

"이쪽 상황은 어떤가요? 원만한가요?"

"응, 문제없어. 텐코 쪽은 어땠어?"

"이쪽도 괜찮았어요."

"……요정검은 어때? 저번에 키리무랑 싸우면서 심하게 부서졌었잖아……."

그러자 텐코가 허리에 찬 검을 반쯤 뽑았다. 두 동강이 났었던 텐코의 요정검은 흠집 하나 없는 상태로 완벽하게 수복되어 있었다.

"성에서 일하는 거인족 대장장이 두르가 씨가 부리나케 고쳐 줬어요. 전투에는 전혀 지장이 없을 거예요."

"그래? 늦지 않았구나. 다행이야."

앨빈이 안도하며 미소 지었다.

"시드 경이 말하길, 지속적으로 윌을 태우다 보면 우리의 마나 총량도 오르고, 그에 맞춰 자연스럽게 요정검도 강해질 거라고 했어."

"……그런가요."

텐코가 가라앉은 모습으로 중얼거렸다.

앨빈은 다시금 주위를 둘러보았다.

크리스토퍼, 일레인, 리네트, 세오도르, 플로라. 다들 긴장한 얼굴로 각자의 직무에 종사하고 있었고 별다른 일은 없어 보였다.

앨빈이 동료들의 모습을 확인하고 있으니 텐코가 불쑥 말했다.

"그나저나…… 엄청난 일이 벌어졌네요, 앨빈."

"그러게……."

"하지만…… 분명 어떻게든 되겠죠."

텐코의 말은 뭔가 내팽개치는 것처럼 부루퉁했다.

"전설 시대 최강의 기사님이 전선으로 출격했으니까요."

"텐코?"

의미심장한 텐코의 말투에 앨빈은 위화감을 느꼈다.

잠시 두 사람 사이에 묘하게 어색한 침묵이 흘렀다.

이윽고 텐코가 나직이 입을 열었다.

"잠깐 얘기할 수 있을까요?"

"뭔데? 텐코."

앨빈이 무슨 일이냐며 고개를 갸웃하자 텐코가 설교하듯 말하기 시작했다.

"앨빈…… 최근 시드 경과 거리가 묘하게 가깝지 않나요?"

"어?! 그, 그, 그렇진 않은 것 같은데?!"

앨빈은 확연하게 눈을 피하며 외쳤다.

텐코는 그런 앨빈에게 다가가 손을 잡아당겼다.

"텐코?"

텐코가 이끄는 대로 앨빈은 인적 없는 뒷골목으로 갔다.

주위에 들리지 않도록 텐코가 목소리를 낮춰 말했다.

"알고 있는 건가요? 앨빈은 사실 여자예요. 시드 경을 너무 가까이 뒀다가…… 들키기라도 하면 어쩔 거예요?"

"……으……."

텐코의 지적에 앨빈의 얼굴이 쩍 굳었다.

왜 그렇게 굳었는지 텐코는 몰랐다.

"알겠어요? 절대 방심하지 말아요. 시드 경에게 마음을 허락해선 안 돼요. 확실히 시드 경은 터무니없이 강할지도 모르지만…… 그저 그뿐이에요."

텐코가 앨빈에게 다가가 화난 것처럼 단숨에 말했다.

"그는 전설로 유명한 《야만인》. 무자비하며 잔인무도했다고 전해지는, 기사라고 할 수도 없는 남자예요. 지금은 어째선지 기사 행세를 하고 있지만, 언제 본색을 드러낼지 몰라요. 만약 앨빈이 여자라는 걸 알면 그걸 꼬투리 잡아 엄청난 걸 요구할 거예요! 이를테면 비열한 욕망을 드러내며 몸을 요구할지도 몰라요!"

"시, 시드 경은 절대 그런 짓 안 해!"
앨빈이 새빨개진 얼굴로 반론했다.
"시드 경은 그런 짓을 하는 사람이 아니야! 그래 봬도 누구보다 성실하고 신사야!"
"……왜 그렇게 단언할 수 있는 거죠?"
"어, 으음…… 그건……."
"아무튼 시드 경에게 마음을 허락해선 안 돼요! 절대 안 돼요!"
텐코는 앨빈의 양쪽 어깨를 잡고 매달리듯 호소했다.
"앨빈을 지키는 건 나예요! 약속했다고요! 앨빈은 내가 이 목숨과 맞바꿔서라도 지킬 거예요…… 지켜 내겠어요! 그러니까 시드 경 따위……!"
이쯤 되니 앨빈도 텐코의 모습이 이상하다는 것을 깨달았다.
"텐코…… 왜 그래?"
앨빈은 흥분한 텐코를 달래듯 조심스럽게 물었다.
"텐코가 시드 경을 싫어하는 건 어쩔 수 없지만…… 뭔가 그 이상으로 절박해 보인다고 할까…… 초조해 보여……."
"……그, 그렇지는……."
앨빈의 지적에 텐코가 말을 어물거렸다.
앨빈은 알고 있었다. 정곡을 찔려서 풀이 죽으면 텐코는 지금처럼 귀와 꼬리를 힘없이 축 늘어뜨렸다.

"텐코. 고민이나 걱정거리가 있다면 얘기해 주지 않을래?"

그것을 알아차린 앨빈이 온화하게 말했다.

"우리는…… 텐코랑 **나**는 어릴 때부터 친구잖아. ……응?"

"……아, **알마**……."

그런 앨빈을 텐코가 멍하니 바라보았다.

이제는 아무도 모를 터인 앨빈의 진짜 이름을 무심코 부르고 말았다.

앨빈과 텐코가 단둘이 있을 때…… 앨빈이 여자로 돌아갈 수 있을 때만 부를 수 있는 진짜 이름을.

하지만 잠시 후, 텐코는 퍼뜩 정신을 차리고 시선을 내리며 대답했다.

"아뇨, 앨빈. ……아무것도 아니에요. 아무렇지도 않아요."

"텐코……."

아무래도 소꿉친구는 아무것도 이야기해 주지 않을 모양이었다.

그것을 깨달은 앨빈은 조금 슬프게 친구의 이름을 중얼거렸다.

"담당 구역을 너무 오래 벗어나 있으면 선배들에게 혼날 거예요. 슬슬 돌아가죠."

그렇게 말하고서 텐코가 자리를 뜨려고 했을 때였다.

앨빈은 문득 눈치챘다.

"……어라? 안개……?"

어느새 주변에 안개가 끼어 있었다.

그 안개는 왕도 전체를 뒤덮고 빠르게 짙어졌다.

"이상하네……. 새벽이라면 모를까 이런 시간대에 갑자기 안개가 끼다니."

"확실히 묘하네요……."

조금 부자연스러운 현상에 앨빈과 텐코가 고개를 갸웃하고 있으니.

별안간.

두근.

왕도의 남쪽 지구…… 어떤 뒷골목의 후미진 곳을 중심으로 왕도 전체에 기묘한 태동이 퍼졌다.

———.

왕도에서 북쪽으로 50킬로미터 지점을 중심으로 펼쳐진 파봄 평원에서.

동서로 이어진 데스팰리스 산맥을 넘어온 마국의 유령기사 2천과 남쪽에서 진군한 왕국의 요정기사 2천이 서로를 노려보고 있었다.

마국의 유령기사들은 유령마라고 불리는 어둠의 흑마를

타고, 살아 있는 모든 이를 말살하고자 로브 밑에서 진홍색 눈을 빛내고 있었다.

진형은 밀집진.

하나로 뭉쳐서 돌격하여 정면으로 모든 것을 짓밟는 평범한 진형이었다.

하지만 유령기사의 전투 능력을 생각하면 결코 무시할 수 없는 전법이었다. 웬만한 잡졸은 열 배의 수를 모아도 모조리 격파되고 짓밟힐 것이다.

이에 맞서는 왕국군, 요정기사단의 기사들도 모두 군마를 탄 기병이었다.

진형은 정면과 양익으로 부대를 셋으로 분산한 학익진.

정면의 부대로 적을 막고 좌우에서 협공하여 포위 섬멸을 꾀하는 구도였다.

그런 왕국군의 후미— 제1단, 제2단, 제3단의 기사단장이 모인 본진, 높직한 언덕에서.

"드디어 시작이군."

시드는 눈을 가늘게 뜨고 멀리 있는 적진을 응시하며 그런 말을 중얼거렸다.

말은 타지 않았다. 이번 전투에 참가하는 기사 중에서 유일하게 보병이었다.

"네, 그렇죠. 포진은 나쁘지 않아요. 이거라면……."

그 옆에서 이자벨라가 말에 탄 채 솜씨 좋게 고삐를 잡고 고개를 끄덕였다.

앨빈의 후견인이자 섭정인 이자벨라는 이번 요격전의 총사령관으로서 종군했다.

그녀는 탁월한 지휘와 군대 관리로 이미 유리한 전황을 만들어 내고 있었다.

하지만…….

"고생했소, 이자벨라 공. 하지만 여기서부터는…… 우리끼리 알아서 싸우겠소."

말을 탄 뒤란데 공작이 이자벨라 뒤에서 그렇게 말했다.

"결국 귀공은 왕가의 대리. 우리가 귀공의 지휘를 받을 필요는 없지."

"그리고 이자벨라 님은 문관이에요. 정치는 잘하시는 것 같지만 군사 쪽은 어떨까요? 저희에게 맡기시는 게 좋지 않겠어요?"

"일은 전문가가 해야 하는 법이죠. 그럼 이만."

"귀공도 마음대로 하시오. ……귀공을 따르는 전력이 있다면 말이오."

오르토르 공작도, 앤서로 공작도, 뒤란데 공작도, 3인 3색으로 멋대로 말하고서 자신이 지휘하는 부대로 가 버렸다.

그렇게 제멋대로인 3대 공작들을 보고 이자벨라가 한숨을 쉬었다.

"저 녀석들은 왜 총대장인 이자벨라의 말을 안 들을까?"

머리 뒤로 깍지를 낀 시드가 어이없어하며 중얼거렸다.

"저런 말을 들었지만, 이자벨라…… 너 상당한 군략가잖아? 너의 지휘는 틀리지 않을 텐데."

"아뇨…… 저 같은 건……."

"하하하, 겸손 차리지 마. 여기까지 진군시킨 솜씨와 이 진형 처리를 보면…… 평범한 문관일 리가 없어. 너의 본성은 무관이지?"

그런 시드의 말에 이자벨라가 쓴웃음을 지었다.

시드는 3대 공작의 뒷모습을 힐끗 보며 말했다.

"아아~ 이자벨라의 지휘대로 전군을 움직이면 저 정도 유령기사는 아마 이 시대의 기사로도 최소한의 피해로 압승할 수 있을 텐데."

"「왕가의 대리인 이자벨라 지휘하의 승리」라는 게…… 분명 마음에 안 드는 거겠죠. 향후 그들의 이권과 체면을 위해서도."

"하하! 그렇군, 시시해. ……뭐, 그편이 나한테는 좋지."

시드는 일소에 부치고서 좌우로 다리를 뻗어 스트레칭을 시작했다.

"어쩌시려고요? 시드 경."

"음? 뻔한 거 아니야?"

시드가 스트레칭하며 악동처럼 씩 웃고 이자벨라를 돌아보았다.

"녀석들도 마음대로 하라고 했잖아? ……그럼 마음대로 해야지."

—그리고.

마침내 싸움이 시작되었다.

유령기사들이 움직였다. 유령마를 채찍질하여 일제히 돌격을 개시했다.

쩌렁쩌렁 울리는 유령마의 발굽 소리가 대지를 명동시켰다.

밀집진을 짠 유령기사들은 마치 사납게 대지를 침식하는 검은 해일 같았다.

이에 맞서는 왕국군— 뒤란데 공작이 지휘하는 제1단 《빨강 기사단》, 오르토르 공작이 지휘하는 제2단 《파랑 기사단》, 앤서로 공작이 지휘하는 제3단 《초록 기사단》도 일제히 요격에 나섰다.

뿔피리 소리가 울리고 함성이 일었다.

모든 기사가 검을 뽑고 고삐를 조종해 말을 달렸다.

요정검의 가호는 기승한 말에도 유효했다. 요정검으로부터 받는 마나를 말에게까지 보냄으로써 말은 평소와는 비교도 안 되는 주력과 튼튼함을 얻었다.

요정검을 가진 기병은 틀림없이 이 시대 최강의 전력 중 하나였다.

하지만 상대는 유령기사. 유령마에 탄 유령기사도 무시

무시한 기동력과 백병전 능력을 발휘한다.

양자가 정면으로 부딪치면 격전은 피할 수 없다.

기사들도 이제부터 시작될 사투에 표정을 굳히고 있었다.

그리고 마침내 양군이 격돌하려고 했을 때였다.

대열을 이루어 진군하는 왕국군 안에서 한 기사가 갑자기 단독으로 튀어 나갔다.

시드였다.

시드는 왕국군 기사 중에서 유일하게 말을 타지 않았다. 보병이었다. 자기 발로 달리고 있었다.

하지만 요정검의 가호를 한껏 사용하여 기마한 다른 기사들보다도 빨랐다.

믿을 수 없는 속도로 평원을 달려 순식간에 기사들을 놓고 갔다.

"도보로 말을 앞서다니……?!"

"마, 말도 안 돼! 저 녀석은 뭐야?!"

순식간에 뒤처진 기사들은 점점 작아지는 시드의 뒷모습을 휘둥그레진 눈으로 바라볼 수밖에 없었다.

"……자, 그럼."

평원의 풍경이 격류처럼 후방으로 흘러가는 가운데, 시드는 다른 기사들의 반응 따위 아랑곳하지 않고 눈앞을 응시했다.

지평선을 까맣게 뒤덮고서 육박하는 유령기사의 밀집진

이 시야 속에서 점점 커졌다.

유령기사들도 혼자 돌격해 오는 시드를 눈치챈 듯했다.

몇 기는 확연하게 시드를 노리고서 검을 치켜들고 다가왔다.

"한바탕 날뛰어 주기로 할까!"

시드는 속도를 전혀 늦추지 않고 똑바로, 똑바로, 똑바로 달려가— 접적.

"오오오오오오오—!"

스쳐 지나가면서 사납게 오른손을 휘둘러 유령기사 몇 기를 유령마와 함께 양단했다.

일진의 질풍이 유령기사의 최전선 한편을 가차 없이 날려 버렸다.

———.

믿을 수 없는 광경이 전개되었다.

까딱하면 죽는 전장에서는 다른 걸 신경 쓸 여유 따위 없다.

그런 건 왕국군의 기사들도 당연히 알고 있었다.

하지만.

그래도.

그래도 그 광경에는 시선을 빼앗길 수밖에 없었다.

"하아아아앗—!"

그 광경의 중심에서 시드가 싸우고 있었다.

단독으로 튀어 나간 시드는 유령기사의 밀집진 한복판에서 홀로 고립되었다.

보통은 절망적인 상황이다. 그자의 명운은 끝난 것과 같다.

하지만— 시드는 위태롭다는 느낌이 전혀 들지 않았다.

무수한 유령기사가 전후좌우에서 시드를 해치우려고 달려들었다.

검이, 창이, 사방팔방에서 시드를 갈가리 찢고 꼬치로 만들려고 달려들었다.

하지만—.

"읏차!"

시드를 스치지도 못했다.

마치 360도 전 방향에 눈이 달리기라도 한 것처럼, 오른쪽으로 몸을 비키고, 왼쪽으로 스텝을 밟고, 도약하여 공중제비를 돌며— 모조리 피했다.

그리고 그렇게 피하면서—.

"하아아아앗!"

시드는 휘몰아치는 폭풍처럼 좌우의 손발을 휘둘렀다.

반개한 오른손이 우측에서 쇄도한 유령기사의 목을 날렸다.

왼쪽 주먹이 좌측에서 돌진해 온 유령기사의 몸통에 커

다란 구멍을 뚫었다.

슉! 공중에서 몸을 회전시켜 도끼처럼 찍은 발꿈치가 뒤에 있던 유령기사를 유령마와 함께 양단했다.

마치 전장에서 빠르게 춤추는 것 같은 움직임이었다.

시드가 손발을 휘두를 때마다 유령기사가 검은 티끌이 되어 소멸했다.

그건 싸움이 아니었다.

그저 학살이었다.

"저 녀석은 대체 뭐야……?!"

"요정검도 없이 대체 어떻게 저런 일을……?!"

"저, 저게…… 전설 시대의 기사인가……?!"

그런 시드의 사자분신을 멀찍이서 바라보는 왕국 기사들은 그저 두려움에 전율할 수밖에 없었다.

"—흣!"

그러는 사이에도 시드가 왼손을 수평으로 휘둘러 정면에서 쏜살처럼 돌진해 온 유령기사 셋을 한꺼번에 상하로 양단했다.

동시에 측면에서 돌진해 온 유령기사 둘을 오른쪽 주먹으로 때려눕혔다.

그리고 다음 순간, 잔심 상태였던 시드의 모습이 홀연히 사라지더니—.

퍽! 전혀 다른 곳에서 유령기사 여럿이 하늘로 날아갔다.

그리고 거기서 다시 일방적인 섬멸 학살극이 시작됐다.

"순식간에 저런 곳에?!"

"빨라…… 너무 빨라……. 눈으로 좇을 수가 없어……!"

아무튼 시드는 유령기사를 격파하는 페이스가 빨랐다. 그것도 압도적으로.

유령기사는 각각이 왕국의 요정기사 못지않은 능력을 가진 강적이었다.

그래서 요정기사들은 서로 등을 맡기듯 대열을 이루어 서로를 커버하며 최대한 일대일 상황, 가능하다면 일 대 다수의 상황을 만들어서 유령기사와 싸웠다.

그래도 몇 합 만에 격파하는 일은 드물었고, 수십 합에 이르는 접전 끝에 겨우 유령기사 하나를 해치울 수 있는…… 그런 수준의 상대였다.

그런데도—.

"하앗!"

시드가 다섯 유령기사 사이를 번개처럼 지그재그로 움직여 맹렬한 속도로 달려 나갔다.

언뜻, 언뜻. 시드의 모습은 반전하느라 속도가 살짝 떨어지는 순간에만 보였다.

시드가 달려 나가고 잠시 후.

"오오오오오오오오오—!"

다섯 유령기사가 조각조각 분해되어 일제히 소멸했다.

"맙소사……."

"마, 말도 안 돼……."

그 광경을 본 기사들은 어렴풋이 깨닫기 시작했다.

출격 전에 시드가 윗사람들 앞에서 당당히 큰소리쳤다는 말.

「요정기사 2천…… 그 녀석들을 다 합쳐도 내가 더 강해」—그게 전혀 허풍이 아니었다는 것을.

"뭐, 뭣들 하는 거냐?! 뭘 꾸물거리고 있어?!"

필사적으로 싸우는 기사들 뒤에서 뒤란데 공작이 호통쳤다.

"고작 기사 한 명에게 뒤처지면 어쩌겠다는 거냐! 더 빨리 토벌해! 더 빨리, 하나라도 더 많이 해치워!"

뒤란데 공작은 분노로 위엄을 필사적으로 유지하려 했지만 그 얼굴은 새파래져 있었다. 명백하게 여유가 없었다.

눈앞에 있는 전설 시대 기사의, 자신들과는 차원이 다른, 규격을 벗어난 무력을 인정하고 싶지 않다는…… 그런 감정이 여실히 드러나 있었다.

"세상에 맙소사……."

"소문으로는 들었지만…… 이 정도일 줄이야……."

뒤란데 공작만큼은 아니지만, 후방에서 냉정히 시드의 사자분신을 지켜보는 오르토르 공작과 앤서로 공작도 동요하며 숨을 삼켰다.

시드의 돌격으로 양단되어 뿔뿔이 흩어진 유령기사 2천은 갈팡질팡하며 오합지졸이 되어 있었다.

그리고 작은 집단으로 나뉜 유령기사를 시드가 닥치는 대로 무찔러 나갔다.

이제 누가 봐도 명백했다.

이대로 가면 이 전장에서 누가 가장 성과를 올릴 것인가?

뒤란데 공작의 《빨강 기사단》? 아니.

오르토르 공작의 《파랑 기사단》? 아니.

앤서로 공작의 《초록 기사단》? 단연코 아니다.

바로 《야만인》 시드 경. 현대에 되살아난 전설의 기사다.

————.

"흠, 판세는 결정됐군."

요격전이 시작되고 약 한 시간.

시드는 근처에 적이 없다는 것을 눈치채고 싸움을 멈췄다.

시드가 유령기사의 밀집진을 분단하고 대폭으로 솎아 내면서 왕국의 요정기사단은 뒤집을 수 없는 수적 우위를 점하게 되었다.

주변에서 적군과 아군이 뒤섞여 격렬하게 맞부딪치고 있으나 대체로 우세했다.

완전히 토벌하려면 시간이 걸리겠지만…… 별 탈이 없는

한 왕국군이 패배하는 일은 없을 것이다.

"나도 그런대로 승리에 공헌했으니…… 3대 공작도 앨빈에게 무리한 요구는 못 하겠지."

자신의 성과에 만족한 시드가 전장에 등을 돌렸다.

본진으로 돌아가려고 했다.

하지만—.

두근…… 그런 심장의 불협화음과 함께.

갑자기 몸이 기우뚱 기울어 시드는 한쪽 무릎을 꿇고 말았다.

"하아……! 하아……! 으, 윽……?!"

고통스럽게 얼굴을 일그러뜨리고 거칠게 숨을 내뱉으며 전신을 덜덜 떨었다. 혼이 빠져나가는 것 같은 허탈감. 온몸에서 비 오듯 땀이 흐르며 안색이 새파래졌다.

이윽고…… 그런 발작도 잦아들어서 시드는 비틀비틀 일어났다.

"……역시 너무 무리했나. 고물 몸뚱어리 같으니라고."

시드가 그렇게 신음하며 머리를 흔들었다.

그리고 다시 본진을 향해 걷기 시작했을 때였다.

"시, 시드 경……!"

본진 쪽에서 한 처자가 맹렬히 말을 달려 시드에게 왔다.

이자벨라였다.

"말에서 내리지 않는 결례를 용서해 주세요! 무사하신가요?!"

시드 옆으로 온 이자벨라는 고삐를 당겨 말을 돌리고 안도했지만.

"경…… 안색이……? 게다가…… 뭔가……?"

이자벨라는 시드의 상태가 이상함을 눈치채고 눈을 크게 뜨며 퍼뜩 놀랐다.

"시드 경…… 당신은, 서, 설마……?!"

"여, 이자벨라. 판세가 결정될 만큼 적을 솎아 냈어."

시드는 상관하지 않고 대담하게 웃었다.

"결판이 나려면 시간이 더 걸리겠지만 승패는 정해졌어. 이제 내가 나설 필요는 없어."

"그, 그건…… 수고하셨어요. 역시 전설 시대의 기사님이네요……. 저도 설마 이 정도일 줄은 생각도 못 했습니다……."

"대단한 일은 아니야. 이 정도로 싸울 수 있는 녀석은 전설 시대에 널려 있었어. ……뭐, 그건 넘어가고."

시드가 표정을 다잡고서 이자벨라를 올려다보았다.

"굳이 내 활약을 치하하러 온 건 아니지?"

이자벨라가 풍기는 분위기에서 뭔가 불온함을 감지한 시드가 바로 이야기를 재촉했다.

"무슨 일 있었어?"

"……네. 실은 방금 왕도에서 전령 요정(메신저 픽시)이 왔어요."

"왕도에서?"

이자벨라는 새파래진 얼굴로 고개를 끄덕이면서도 의연하게 고했다.

"네, 큰일 났어요. 지금 왕도에서—!"

————.

캬오오오오오오오오오오오오오오오오오오오!

짐승의 굵직한 포효가 왕도 전체에 울려 퍼졌다.

대기를 진동시키고, 하늘을 찢고, 땅을 뒤흔드는 무시무시한 포효였다.

자연의 폭위, 화산 분화 같은 야생의 포효는 재넘이보다도 살벌한 충격파가 되어 천 리를 순식간에 달렸다.

발산된 충격파는 운 나쁘게 직격을 맞은 가옥과 건물을 박살 내고 날려 버렸다.

그리고 그 포효는 논리를 초월하여 듣는 이의 영혼을 직접 후려쳐 마음과 정신을 순식간에 깨부쉈다.

그 포효에는 무시무시한 마력이 있었다. 먹이 사슬의 정점에 선 절대적 강자의 긍지와 품격으로 강대한 마법의 힘이 자연스럽게 포효에 담겼다.

그 포효를 듣고 왕도 백성의 3분의 1이 순식간에 실신했고, 3분의 1이 전신 마비와 오감 변조로 쓰러졌고, 3분의

1이 솟구치는 순수한 공포와 절망에 망연자실했다.

마음이나 몸이 약한 자는 포효만 듣고도 영원한 잠에 빠졌을 것이다.

그건 폭군의 포효이면서 일종의 마법이었다.

—【때려눕히는 외침(스턴 슬로터)】.

그런 일을 할 수 있는 존재는 이 세상에 하나뿐이었다.

"저, 저게 뭐야……?"

동료들과 함께 고지대에서 경비하던 앨빈은 그것을 멀찍이서 멍하니 바라보았다.

왕도의 남쪽 지구에 갑자기 산처럼 거대한 체구를 가진 괴물이 나타났다.

지난번에 봤던 키리무는 비교도 되지 않았다. 압도적 질량을 가진 거대한 괴물이었다.

이렇게나 거리가 떨어져 있는데도 바로 앞에 있는 것 같은 압박감이 들었다. 원근감을 마비시키는 거대함이었다.

거목처럼 굵은 손발에서 뭐라 말할 수 없는 지대한 폭력이 흘러넘쳤다.

전신을 덮은 비늘은 검게 빛났고, 턱은 거대했으며, 타는 것 같은 붉은 눈은 차갑게 번뜩였다.

태어났을 때부터 압도적 상위자로 군림하는 절대 강자.

먹이 사슬의 정점에 선 폭군.

—용(드래곤).

거친 대자연의 위협에 대한 두려움과 공포가 포학을 구현화한 형태가 되어 이 세계에 태어난 최상위급 대요마였다.

갸오오오오오오오오오오오오오오오오오오오오오오!

덜덜 떠는 앨빈 앞에서 용이 다시 하늘을 집어삼킬 듯 입을 벌리고 크게 포효했다.

그 소리는 질량을 가진 충격파가 되어 왕도 전체로 확산됐고…….

"으아아아아?!"

몇 초 후 앨빈 일행에게 도달했다.

위웅! 장절한 충격파가 정면에서 후려쳤다.

그 위력에 앨빈의 몸이 떠올라 날아갔고 속수무책으로 땅을 굴렀다.

"큭?! 어, 어째서…… 왜 이런 곳에, 용이……?!"

앨빈이 후들후들 떨며 땅을 짚고 고개를 들어 용을 노려보았다.

그러자.

"후우…… 마침내 이루어졌어요……."

앨빈 옆에서 갑자기 누군가가 그런 말을 중얼거렸다.

"이 왕도 캘바니아는 빛의 요정신의 가호가 정말로 너무 강해서…… 덕분에 농간을 부리느라 고생했어요."

"플로라……?"

앨빈은 블리체 학급의 마이페이스 소녀— 플로라를 올려다보았다.

플로라는 생글생글 웃고 있었다. 평소처럼 태평한 모습으로 멀찍이 나타난 용을 바라보고 있었다.

"플로라…… 너는 대체, 무슨 소리를……?"

일어난 앨빈은 어딘가 분위기가 다른 플로라를 경계했다.

"어머나?"

그러자 플로라는 어리둥절한 얼굴로 앨빈을 보고 눈을 깜빡였다.

"용의 【때려눕히는 외침】을 맞고도 일어나다니…… 솔직히 놀랐어요. 아주 강한 마음을 가지고 있군요? 왕자님. 후후, 칭찬해 드릴게요."

그렇게 말하고서 플로라는 짝짝 손뼉을 쳤다.

이 자리에 어울리지 않는 건조한 박수 소리가 주변에 울려 퍼졌다.

평소와 같은 마이페이스라고 말하면 그만이지만…… 명백하게 이상했다.

위화감만 들었다.

애초에 플로라는 처음부터 뭔가가 이상했다.

플로라……「블리체 학급에 입학하고 줄곧 생사고락을 함께한 동료」…… 그것이 앨빈의, 아니, **학생들**의 플로라에 대한 인식이었다.

하지만 앨빈은 마음 한편으로 플로라에게 줄곧 위화감을 느끼고 있었다. 그러나 지금까지 그것을 의문스럽게 여기지 못했다.

의문스럽게 여기는 것이 허락되지 않았기 때문이다.

"플로라…… 너, 너는 대체……?"

하지만 상황이 이렇게 되면서 플로라에 대한 위화감이 최대치가 되어 마침내 앨빈은 위화감을 인식하고 고찰할 수 있게 되었다.

"……플로라…… 우리의…… 동료……. 같은 학급인……."

지직! 지지직!

앨빈의 기억이 만화경처럼 흔들렸다.

그러면서 점차 한 가지 결론이 도출되었다.

"……아니야……. 너는…… 누구지……?"

앨빈의 물음에 플로라가 말없이 차갑고 요염하게 미소 지었다.

"우리 블리체 학급은…… 나, 텐코, 일레인, 크리스토퍼, 리네트, 세오도르…… **여섯 명**이었어……. 겨우 여섯 명으로 만든 약소 학급이었을 터……!"

"아~ 확실히 그랬죠~."

"플로라라는 학생은…… 존재하지 않았어……! 대체 너는 누구지……?!"

그런 앨빈의 물음에.

플로라는 후우…… 하고 어깨를 떨구고서 아주 조금 서운한 듯 말했다.

“고대 마녀가 사용했던 마법 중에【참과 거짓의 경계선】이라는 게 있거든요……. 이건 술자가 자신에게 유리한 정보를 피술자에게 주입하여 피술자의 현실 인식을 조작하는 마법인데……. 전설 시대 기사님에게 속임수 마법이 통할 거라고 생각할 만큼 저는 제 실력을 자만하지 않아요. 그래서 **기사님과 만나기 전에 여러분에게 마법을 걸었어요~.**”

그랬다. 시드에게는 속임수 마법이 통하지 않더라도 학생들에게는 통한다.

학생들이 속임수를 눈치채지 못한다면, 플로라라는 존재가 학급에 원래 없었다는 것을 모르는 시드는 간파할 방도가 없었다.

“뭐라고……?! 그럼 너는 시드 경이 우리 학급에 온 첫날에……?”

“후후후, 솔직히 말하자면…… 여러분과 요 며칠 함께 보내면서…… 나쁘지 않다고 생각했답니다.”

오소소.

플로라 주위에 어둠이 서렸다. 모든 것을 뒤덮는 짙은 어둠이.

어둠이 플로라에게 모여…… 형태를 바꿔 나갔다.

"학교에서 한 가지 목표를 향해 다 같이 열심히 노력하다니…… 그야말로 청춘이잖아요? 이래 봬도 아주 싫지만은 않았어요……. 우후후, 적어도 저는 동료라고 생각했어요……. 가짜 우정, 사상누각이었지만요……. 아하하하하……."

플로라에게 서린 어둠이 칠흑색 후드와 로브를 형성했다.

유령 같은 마녀의 모습이 플로라라는 존재를 덮어씌웠다.

"그럼 다시 인사할까요."

마녀는 로브 자락을 펼치며 공손히 인사하고 말했다.

"저는 어둠의 요정신을 신봉하는 오푸스 암흑교단의 교주, 대마녀 플로라라고 해요. 잘 부탁드려요. ……미래가 있다면 말이죠."

"오푸스 암흑교단!"

앨빈이 뒤로 홱 물러나 마녀— 플로라에게 요정검을 겨눴다.

"저 용은…… 네 짓인가……?!"

"네, 맞아요."

앨빈의 물음에 플로라가 키득키득 웃으며 대답했다.

"이 왕도가 원래는 물질계와 요정계의 융계였다는 것은 아시죠? 즉, 이곳은 세상에서 가장 요정계와 가까운 장소 중 하나…… 그걸 이용했어요."

플로라는 세검을 든 앨빈 따위 개의치 않고 고개를 돌려 왕도 중앙에 군림한 용을 바라보았다.

"고대 마법으로 《문》과 《길》을 만들어 물질계와 요정계의 심층을 강제로 연결해서 저 용을 이곳에 소환했죠. 후후, 《호반의 여인》들의 눈을 피해 마법 의식을 준비하는 건 역시 힘들었어요."

"무슨 목적으로 이런 짓을 한 거야……!"

당장에라도 달려들 기세로 앨빈이 외쳤다.

"그야 물론— 이 왕도를 완전히 멸망시키기 위해서죠."

플로라는 주위의 기온이 몇 도 내려가는 것 같은 차가운 희열의 말을 속삭였다.

"왕도를 멸망시키겠다고……?!"

"네. 성왕 아르슬이 세운 이 왕도…… 특히 저 성. 방해돼요……. 우리 주인님의 비원 달성에 말이에요. 그래서 지도에서 깨끗이 지워 버리기로 했어요."

창백한 얼굴로 진땀을 흘리는 앨빈을 플로라가 여유롭게 바라보았다.

"그걸 위해 이번 계획을 몰래 진행했죠……. 유령기사로 양동하여 왕성에서 요정기사단을 빼내고, 빈집이 된 왕도를 요정계 심층에서 불러낸 용으로 초토화한다……. 단순하지만 효과적이죠? 키득키득키득……."

"어떻게 이럴 수가……?! 플로라……! **순풍을 일으켜라**(티위드)!"

분노에 불탄 앨빈이 고대 요정어로 검에게 말해 초록 요정마법 【질풍】을 발동했다. 온몸에 세찬 바람을 휘감아 고속으로 이동해 플로라에게 검을 찔렀다.

"어머나, 이것 참."

하지만 앨빈이 찌른 것은 플로라의 그림자였다.

어느새 플로라는 근처에 있는 건물 옥상에 서서 여유로운 얼굴로 앨빈을 내려다보고 있었다.

"걱정하지 마세요. 당신을 여기서 어떻게 할 생각은 없으니까요. 아까 용을 소환한 마법 의식이 상당량의 마나를 잡아먹어서…… 지금 저는 아주 피곤해요. 당신과 싸우기도 귀찮을 만큼요."

플로라가 고대 요정어로 뭔가 주문을 외웠다. 그러자 발밑에 삼각형 마법진이 전개되었다. 어둠이 응어리지며 플로라의 모습이 점점 옅어졌다.

"기, 기다려! 도망치는 거야?!"

"도망? 후후, 살려 주는 거예요. 당신에게는 아직 그 아이의 **예비**라는 이용 가치가 있으니까."

"……예비……?! 그게 무슨……?!"

"뭐, 그것도…… 당신이 저 용한테서 살아남았을 때의 얘기지만요."

그 말을 남기고서.

플로라의 모습은 완전히 뭉친 어둠 속으로 사라졌다.

"……큭!"

앨빈은 분한 얼굴로 검을 땅에 꽂고 꽉 움켜잡았다.

하지만 이렇게 원통해하고 있을 때가 아니었다.

지금은 왕도를 덮친 저 용을 한시라도 빨리 어떻게든 해야 했다.

앨빈은 왕도 중앙…… 최전선을 보았다.

거대한 용은 닥치는 대로 마구 날뛰고 있었다. 발톱과 꼬리 일격으로 주위 건물을 모조리 무너뜨리고, 입으로 토하는 불꽃 숨결이 주변을 작열 지옥으로 만들었다.

저 일대는 피난이 완료된 구획이긴 하지만, 만약 피난이 조금이라도 늦어졌다면 대체 얼마나 많은 사람이 희생됐을지 알 수 없었다.

그리고 캘바니아 왕국이 자랑하는 요정기사단이 왕도를 덮친 위협을 손가락 빨며 구경만 하고 있을 리 없었다.

왕도를 방위하기 위해 남은 요정기사들이 지금만큼은 《빨강》이니 《파랑》이니 《초록》이니 나누지 않고 결사의 각오로 집결하여 어떻게든 용의 포학을 막으려고 분투했다.

탁월한 검술과 다양한 요정마법이 작렬했다.

화염검이. 난무하는 도깨비불이.

얼어붙는 냉기가. 무수한 얼음창이.

바람 칼날이. 독화(毒花)가. 거암 투석이.

용을 막으려고 사방팔방에서 일제히 쏟아졌다.

하지만 그것들은 용의 강인한 비늘에 전혀 통하지 않았다.

용은 주위에 날아다니는 짜증 나는 날벌레 같은 기사들

을 두꺼운 꼬리 일격으로, 통나무 같은 발톱과 이빨로 쫓아냈다.

그 거구만 봐서는 믿기 힘든 속도로 민첩하게 휘두르는 공격은 절대적 폭력의 폭풍이라고 해도 좋았다.

기사들은 속수무책으로 흩어졌다.

"시드 경……!"

앨빈은 자신의 오른손을 매달리듯 바라보며 시드의 이름을 불렀다.

하지만 문장은 전혀 반응하지 않았다. 아마 주변을 뒤덮은 안개 같은 것 때문에 시드와의 연결이 일시적으로 단절되었을 것이다. 시드는― 부를 수 없다.

"왕도 방위대가 전멸하는 건 시간문제야……. 그럼 다음에는 이 왕도에 사는 모든 백성이 희생돼……!"

앨빈이 그렇게 말한 순간.

이제 반쯤 괴멸시킨 기사들 따위 안중에 없는지 용은 네 다리를 약동시켜 왕성을 향해 똑바로 큰길을 달리기 시작했다.

쿵, 쿵, 쿵, 쿵. 왕도의 대지가 명동하며 위아래로 흔들렸다.

그렇게 명령을 받았는지, 아니면 변덕인지, 왕성을 직접 노리려는 것이다.

저 거구와 충돌하면 아무리 캘바니아성이 튼튼해도 버틸

수 없다.

그리고…… 지금 성내에는 만일에 대비해 피난한 백성들이 있었다.

"얘들아!"

앨빈은 동료들을 돌아보며 말했다.

"우리는 기사 서훈을 받지 못한 종기사지만…… 그래도 이 왕국의 방패가 되어야 할 기사야! 지금이 바로 기사가 기사인 이유를 보여 줄 때야! 가자! 다 같이 저 용을 막는 거야!"

그렇게 말하면서 동료들을 재촉했지만…….

""""""……."""""""

동료들은 다들 하나같이 넋이 나가 힘없이 주저앉아 있었다.

일레인도, 크리스토퍼도, 리네트도, 세오도르도.

당연히 그건 블리체 학급 학생들만 그런 게 아니었다.

그 자리에서 대기했던 뒤란데 학급, 오르토르 학급, 앤서로 학급의 학생들도 똑같이 넋이 나가서 덜덜 떨기만 했다.

그리고 그건 텐코도 예외가 아니었다.

"……으…… 아…… 아으……."

텐코는 눈물을 글썽거리고 가쁘게 호흡하며, 자기 몸을 끌어안고서 부들부들 떨고 있었다.

"이, 이건…… 설마……?!"

앨빈은 아연실색했다. 그리고 모두를 이렇게 만든 것의 정체를 깨달았다.

【때려눕히는 외침】의 영향이었다.

나약한 인간의 절대 상위종으로서 대자연의 위협이 구현화된 존재— 용.

그런 용의 포효가 약한 자들의 마음을 완전히 분쇄해 순수한 공포와 절망으로 채운 것이다. 외침 하나로 피아의 급을 나누고 그것에 단단히 묶어 버리는 강대한 저주— 그게 바로 용의 포효였다.

앨빈을 제외한 학생들은【때려눕히는 외침】의 마력에 완전히 붙잡혀서 마음이 꺾이고 전의를 상실한 상태였다.

"……싸, 싸운다고요……? 저것과……? ……제, 제정신……인가요……?"

텐코가 덜덜 떨며 울상으로 앨빈을 올려다보았다.

"저, 절대…… 못 이겨요…… 저런 거……. 그저 일방적으로 으깨져서…… 잡아먹힐 뿐…… 그, 그렇잖아요……."

"……!"

앨빈은 눈을 질끈 감았다.

이곳에 주저앉아 있는 모든 학생이 분명 텐코와 비슷한 심경일 것이다.

'어쩌지…… 어떡해야 해……?'

지금은 이렇게 망설이는 시간조차 아까울 만큼 다급한

때였다.

앨빈이 판단하지 못하고 이를 갈고 있으니.

"도, 도망치죠…… 앨빈……."

텐코가 그렇게 중얼거렸다.

"텐코?"

"애, 앨빈이…… 이 나라를 이을 왕자로서…… 왕도를 지키기 위해 싸우고 싶어 하는 마음은…… 이, 이해해요……. 하, 하지만, 현실적으로…… 저것과 무슨 수로 싸우겠다는 건가요?!"

텐코가 왕성으로 가는 용을 떨리는 손으로 가리키며 외쳤다.

"절대 못 이겨…… 이길 수 있을 리가 없잖아요!"

"……."

"저런 것과 싸우면, 앨빈, 죽어 버릴 거예요……. 확실하게 죽어요……. 싫어…… 그런 건 싫어요……! 그러니까 백성을 버리고 같이 도망—."

텐코가 혼란에 빠진 나머지 기사로서 치명적인 말을 하려고 했을 때였다.

짝! 메마른 소리가 울려 퍼졌다.

무릎을 꿇은 앨빈이 꼴사납게 웅크린 텐코의 뺨을 때린 것이다.

"……아……?"

맞아서 열을 내는 빰에 텐코는 멍하니 손을 얹었다.

앨빈은 한동안 그런 텐코를 엄격한 눈으로 바라보다가.

이내 애달프게 미소 지으며 말했다.

"안 돼, 텐코. 그 말을 하면 너는 기사가 아니게 돼."

텐코가 퍼뜩 놀라 눈을 크게 떴다.

"아…… 그, 그게…… 나……는……."

"괜찮아, 알고 있어. 분명 그건 너의 본심이 아니란 걸 믿어. 저 용의 마법에 일시적으로 중독됐을 뿐이란 걸."

앨빈은 고개를 숙인 텐코의 양쪽 어깨에 손을 올리고 상냥하게 타일렀다.

"하지만 기사라면 그 말은 절대 하면 안 돼. 너는 기사가 되고 싶지? 아바마마…… 아르드 왕 같은 훌륭한 왕을 섬기는 훌륭한 기사가……."

"아…… 아아아아아……! 나, 나는…… 나는……!"

"너라면 언젠가 분명 훌륭한 기사가 될 수 있어. 그러니까…… 안 돼."

그렇게 말하고 앨빈은 일어섰다.

"앨빈…… 어, 어디 가려고요……?"

"나는 저 용과 싸우겠어. 이 나라의 누가 도망치든…… 나만큼은 도망칠 수 없으니까. 나는…… 이 나라의 왕이니까."

결연한 의지를 담아 앨빈이 몸을 돌렸다. 그 발걸음에 망설임은 없었다.

"머, 멈춰…… 기다려요……!"

그런 앨빈의 등을 향해 여전히 일어나지 못하는 텐코가 손을 뻗었다.

"가지 말아요…… 가면 안 돼요……! 죽을 거야…… 앨빈, 죽을 거라고요! 싫어…… 그런 건 싫어요……!"

"응. 나는 이 싸움에서 죽을지도 몰라. 하지만 아바마마라면 분명 도망치지 않고 끝까지 싸울 테고…… 그리고 내가 싸우는 가장 큰 이유는…… 구하고 싶으니까."

"……?!"

앨빈의 말에 텐코의 눈이 화등잔만 해졌다.

"나는 말이지. 이러니저러니 해도 이 나라를 좋아해. 텐코가 있고, 모두가 있고…… 여러 가지 역경도 많지만, 다 같이 웃을 수 있는 이 나라가 좋아. 그러니까 이 나라를 구하고 싶어. ……목숨을 걸어서라도. 분명 그것이—."

확실한 발걸음으로 걸어가며 앨빈이 말했다.

"나의 왕도일 테니까."

마지막으로 그 말을 남기고.

펄럭! 앨빈이 외투를 나부끼며 의연하게 달려갔다.

요정검에서 마나를 끌어내 바람마법을 몸에 휘감았다.

바람으로 가속된 움직임으로 지붕을 따라 왕도의 하늘을 날며 똑바로 용을 향해 달려갔다.

"애, 앨빈…… 앨비이이이이이이이인!"

텐코는 그런 앨빈의 등을 향해 손을 뻗으면서 그저 울부짖을 수밖에 없었다.

제6장 섬광의 기사

"……상황은 심각합니다."

북쪽 파봄 평원.

전장 한복판에서 이자벨라가 시드에게 보고했다.

그 손에는 왕도의 모습이 투영된 수정 구슬이 있었다.

"누군가에 의해 왕도는 완전히 이계에 갇혔습니다. 마법 안개에 휩싸여 안에서 밖으로 탈출하는 것도, 밖에서 안으로 침입하는 것도 불가능합니다. 밖에서 왕도에 들어가려고 해도 어느새 밖으로 나와 있겠죠."

"……성가시네. 그럼 앨빈도 나를 소환할 수 없잖아."

"그리고…… 왕도 내부— 남쪽 지구에 흑룡(블랙 드래곤)이 소환됐습니다. 요정계 심층에 서식하는 강대한 힘을 가진 요마입니다. ……경비가 허술해진 왕도는 얼마 못 가 초토화되겠죠. 당연히 앨빈 왕자와 학생들도 머지않아……."

"……."

"둘 다 평범한 마법이 아닙니다. 고대 마녀들이 사용할 만한 대마법입니다. 아마 이전부터 조금씩 준비했을 겁니다. ……이번 마국 침공에 맞춰서."

"……."

"완패입니다. ……요정기사단의 주력이 왕도와 분단되어 버린 이상, 이제 어쩔 방도도 없습니다. 캘바니아 왕국은…… 멸망합니다."

이자벨라는 원통해하며 시드의 발치에 털썩 주저앉았다.

"……아아…… 시조님에게 뭐라고 변명하면 좋을까요……? 제가…… 제가 눈치채지 못한 탓에……."

"아직 포기하기에는 일러."

시드가 한쪽 무릎을 꿇어 이자벨라와 눈높이를 맞추고 그 가느다란 어깨에 손을 얹었다.

"뭔가 방법 없어? 고대 무녀. 왕도에 침입할 방법은?"

"……."

그러자 이자벨라는 잠시 침묵하다가…… 이윽고 나직이 말했다.

"……있기는…… 하지만……."

"뭐야, 있었잖아. 가르쳐 줘."

"……왕도는 요정계와 표리일체입니다. 범인은 요정계의 심층과 왕도를 《길》로 직결시켜서 용을 소환했습니다. 그렇다면 일단 요정계 심층에 들어가서 저희가 그 《길》을 이용해 왕도에 침입하는 것도…… 이론상으로는 가능합니다."

"그럼 긴말할 것 없네. 지금 당장 그 요정계 심층으로 가는 《문》을 열어 줘. 너라면 할 수 있잖아?"

"하, 할 수는 있지만……! 무리예요!"

이자벨라는 고개를 저어 거절했다.

"심층에는 이 세계의 자연과 법칙을 왜곡하는 무시무시한 대요마가 득실거린다고요! 그런 곳에 가서 살아 돌아올 수 있다는 건가요……?!"

"고작 세계의 법칙을 왜곡하는 수준의 대요마가 무슨 대수라고. 나라면 갈 수 있어."

"……!"

이자벨라가 일순 이를 갈고서 말했다.

"화, 확실히 전설 시대의 기사인 시드 경이라면…… 심층을 돌파할 수 있을지도 모르죠. 하지만…… **지금 경의 상태로는……!**"

"……역시 눈치채는구나."

이자벨라의 지적에 시드는 특별히 숨기지 않고 대답했다.

"그래, 맞아. **나는 이제 얼마 못 가.**"

마치 오늘 저녁에 뭘 먹을지 말하는 것 같은 스스럼없는 고백이었다.

"시드 경…… 처음 만났을 때 경은 믿기 힘들 만큼 마나로 가득 차 있었습니다. 약체화됐다고는 도저히 믿을 수 없을 만큼……."

"……."

"그런데 지금은 어떤가요? 처음보다 확연하게 존재감이 희미합니다. 경은 윌이라는 기술을 쓴다고 들었습니다. 외부에서 마나를 들여 자기 것으로 다듬는 기술인 것 같지만…… 혹시 경은…… **마나를 들이지 못하는 것** 아닌가요?"

"거기까지 들켜 버렸나."

이것 참, 하고 시드가 쓴웃음을 지었다.

"윌은 특별한 기술이 아니야. 단련하면 누구나 쓸 수 있어. ……**살아 있는 생물이라면** 말이야. ……즉, 죽은 사람인 나는 안 되는 모양이야. 뭐, 죽은 사람이 되살아나 있는 것만으로도 상당히 부자연스러운 일이지. 재는 재로, 먼지는 먼지로 돌아가는 거야."

그 말은 즉…… 시드는 지금까지 자신의 생명선이라고도 할 수 있는 마나를 소모해서, 즉, 목숨을 깎아 싸웠다는 뜻이었다.

"그럴 수가…… 그런 상태로, 당신은……."

"어찌 되든 좋아. 자, 이자벨라. 나를 심층으로 안내해 줘. 한시가 급하잖아?"

"잠깐만요! 지금 그 상태로 심층에 가면 확실하게 고갈돼요…… 죽는다고요! 용이 사는 심층은 키리무조차 갓난아기처럼 여겨지는 대요마가 우글우글 돌아다녀요! 그래도 가시겠다고요?!"

이자벨라가 이해할 수 없다며 물고 늘어졌다.

"대체 왜?! 왜 그렇게까지 해서 앨빈 왕자에게…… 저희에게 힘을 빌려주는 건가요?! 경에게는 두 번째 삶을 누릴 권리가 있어요! 그렇게까지 할 이유도 의무도 없을 텐데……
그런데 대체 왜?!"

그런 이자벨라의 물음에 시드는 당연하다는 듯 떳떳하게 대답했다.

"내가 기사이기 때문이야."

"……?!"

시드의 눈. 단단하고 올곧은 신념이 선명하게 타오르는 눈.

그런 시드의 눈을 보고 이자벨라는 더 이상 아무 말도 할 수 없었다.

"……알겠습니다. 지금부터 요정계 심층으로 가는 《문》을 열겠습니다……. 저도 힘껏 경을 보좌하겠어요. 아무쪼록 앨빈 왕자를…… 이 나라를 부탁드려요……."

"그래, 맡겨 둬. 단숨에 주파하겠어. 따라와 줘."

이자벨라의 호소에 시드는 힘 있게 미소 지었다.

―――――.

「너의 윌은 아직 너무 미숙해서 실전에서는 도움이 안 돼.」

시드는 그렇게 말했다.

하지만 왕도가 멸망할지도 모르는 고비이기 때문인지.

아니면 모두를 지키고 싶다는 의지와 사명감 때문인지.

"으윽?!"

용을 향해 거리를 달리던 앨빈이 평소처럼 윌을 태우려고 크게 숨을 들이마시자.

두근!

평소와는 비교가 안 되는 압도적인 기세로 안쪽의 혼이 폭발적으로 타올랐다.

처음 느껴 보는 대량의 마나가 혼에서 온몸으로 갔다. 온몸이 타는 것 같았다.

이때, 이 절박한 고비에 앨빈은 확실히 뭔가를 붙잡았다.

"어, 어……?!"

앨빈은 당황하면서도, 내버려 두면 체외로 쓸데없이 발산되는 마나의 흐름을 평소 훈련하던 대로 필사적으로 조작하여 손발로 보냈다.

그 순간…… 두근! 이질적인 감각이 재차 앨빈을 엄습했다.

'……이건……?!'

온몸이 타는 듯 뜨거웠다. 그리고 깃털처럼 가벼웠다.

가느다란 팔다리에 믿을 수 없는 파워가 깃든 것을 느꼈다.

'이것이 윌…… 시드 경이 보는 세계의 편린……?!'

저런 강대한 용과 싸우려고 하는 것 자체가 주제넘은 일이라고 생각했지만.

'이거라면……!'

어떻게든…… 될지도 모른다.

'고마워요, 시드 경. 경 덕분에 나는…… 싸울 수 있어!'

크게 숨을 들이마셔서 한층 더 윌을 태웠다.

다음은 대량의 마나를 검으로 보내고 말했다.

“순풍을(티위드) 일으켜라!”

초록 요정마법【질풍】이 발동했다.

다음 순간, 휘오오! 하고 이전과는 비교도 안 되는 강풍이 앨빈을 밀어 줘서 달리는 속도가 빨라졌다.

앨빈으로부터 마나를 얻은 요정검은 흘러넘치는 마나로 반짝거리고 있었다. 마치 생물처럼 생기 넘쳐 보였다.

‘……《여명》…… 너도 힘을 빌려줘……!’

자신의 애검에게 그렇게 기도하며.

“하아아아아아아아아아—!”

앨빈은 격렬한 바람을 받아 도약해 건물 지붕을 따라 문자 그대로 날 듯 달렸다.

————.

“이쪽이다!”

앨빈이 홀로 용과 맞서 싸우고 있었다.

초록 요정마법【질풍】을 전력으로 기동하여 바람 같은 속도로 움직이며 용과 싸웠다.

아니— 그건 싸움이라고 할 수 없었다.

그저 도망 다니고 있다고 표현할 수밖에 없는 꼴사나운

모습이었다.

용이 거대한 꼬리를 휘둘렀다. 회오리가 일었다.

앨빈은 즉각 근처 지붕으로 뛰어오르고 하늘 높이 도약하여 그 자리에서 이탈했다. 용의 꼬리가 건물 몇 개를 한꺼번에 부수고 날려 버렸다.

착지와 동시에 질주. 조금 늦게 내리쳐진 용의 팔이 요란하게 바닥을 폭발시켜 거대한 크레이터를 만들었다.

앨빈이 바람을 타고서 건물 벽을 달리고, 달리고, 달렸다.

그것을 좇듯 용의 턱이 몇 번이나 따라왔다. 바로 조금 전에 앨빈이 있던 곳을 몇 번씩 깨물어 부쉈다.

용의 머리가 일순 하늘을 올려다보더니 채찍을 휘두르듯 고개를 흔들며 입을 벌려 맹렬한 화염을 토했다. 돌조차 용해하는 엄청난 열량이었다.

작열하는 회오리불이 앨빈을 통째로 삼키려고 육박했다.

"크—."

앨빈은 검으로 눈앞에 【바람 방패】를 전개했다.

대홍수처럼 쇄도하는 불꽃을 갈라 간신히 직격을 피했지만— 맹렬한 열량이 가차 없이 앨빈의 전신을 태웠다.

"끄으으으으으—?!"

하지만 그 고통에 주춤할 여유는 없었다.

다시 용이 꼬리를 휘두르고, 발을 들어 내리찍어서 앨빈은 순간적으로 그 자리를 벗어났다.

용의 거동은 산처럼 거대한 몸만 봐서는 믿을 수 없을 만큼 날렵하고 섬세했다.

이런 몸집이라면 움직임은 둔중할 거라고 얕봤던 선배 기사들은 그래서 모조리 당하고 말았다.

하지만 앨빈은 용의 공격을 간신히 종이 한 장 차이로 피하고 있었다.

본래 대치하는 것도 우스울 만큼 격이 높은 상대와 싸우면서 앨빈이 버티고 있는 것은 오로지 속도와 회피에 중점을 둔 싸움과 요정검을 잘 다루기 때문이었고…….

'역시 윌이 효과가 있어……! 어떻게든 싸울 수 있어……!'

그랬다. 지금 앨빈이 쓰고 있는 것은 윌이었다.

앨빈 안에서 윌이 연소하고 있었다. 평소보다 많은 마나를 염출하고 있었다.

그것을 요정검에 보내서 요정검을 활성화. 평소와는 비교가 안 되는 출력의 요정마법을 발휘하고 있었다.

아직 불안정하긴 하지만, 이 윌이 바로 현재 앨빈의 생명선이었다.

……하지만 그뿐이었다.

자신의 전부를 태울 기세로 윌을 태워도 결국 용에게는 조금도 접근하지 못했다.

설령 접근하더라도 용을 쓰러뜨릴 수단 따위 없었다.

공격력이 뛰어난 텐코의 검이라면 모를까, 앨빈의 검으로는 용의 가장 약한 부위인 안구조차 찌르지 못할 것이다.

그리고 이 영혼을 태우는 것 같은 전력 전투는 역시 그리 오래가지 않는다.

반드시 한계가 온다.

그 한계는 이미 코앞까지 와 있었다.

“하아……! 하아……! 괴, 괴로워…… 수, 숨이……!”

연속해서 휘둘리는 꼬리를 점프해 피하며 앨빈은 헐떡거렸다.

이제 자신의 심장 소리와 숨소리 말고는 들리지 않았다.

온몸의 피가 미친 듯 뜨겁게 끓어올라 마구 휘돌았다. 전신이 박살 난 것처럼 아프고 시야가 점점 새빨갛게 물들었다.

이대로 가면 용한테 살해당하기 전에 죽는다…… 그런 강렬한 예감이 들었다.

하지만 그렇더라도—.

“……물러나지 않아……! 물러날 수 없어……. 물러날까 보냐……!”

앨빈은 검을 들고 계속 용에게 덤볐다.

“질 수 없어…… 질 수 없다고……! 콜록! 나는 왕이야…… 이 나라의, 왕……. 모두를…… 지키겠어……! 그러니까…… 질 수 없어—!”

그렇게 불퇴전의 의지를 외치며.

앨빈이 윌을 태워 용과 싸웠다.

―그런 앨빈의 모습을.

"오, 오오오…… 왕자님…… 왕자님……."
"아아아…… 안타까워라…… 앨빈 왕자님……!"
"선왕 아르드 님…… 빛의 요정신님…… 부디 왕자님을 지켜 주세요……."
피난이 늦어져서 왕도에 남아 있던 주민들이 멀리서 기도하듯 보고 있었다.

"왕자…… 혼자서……."
"젠장…… 우리는…… 어린애를 싸우게 하고서, 뭐 하고 있는 거야……."
"……움직여라…… 콜록콜록! ……움직이란 말이다…… 내 몸……."
"지금은…… 파벌이고 자시고 없는데……! 으, 으윽……."
빈사 상태로 나뒹굴고 있는 요정기사들이 분한 모습으로 지켜보고 있었다.

"뭐야…… 뭐냐고, 저 녀석……!"
"어떻게 저런 강대한 적과 싸울 수 있는 거야……!"

"쓰레기통 학급의 골목대장 주제에……!"

"승산 따위 없는데…… 대체 왜……?!"

캘바니아 왕립 요정기사 학교의 뒤란데 학급, 오르토르 학급, 앤서로 학급의 종기사들이 고지대에서 멍하니 바라보고 있었다.

지금 왕도에 있는 모두가 앨빈의 모습을 그 눈에, 그 마음에 새기고 있었다.

그리고—.

————.

—뜬금없지만.

텐코 아마츠키는 아인족 중에서도 귀미인이라고 불리는 긍지 높은 씨족 출신이었다.

천화월국(天華月國)이라는 귀미인들의 소국을 다스리는 황족을 섬기던 고귀한 무가의 딸이었다.

하지만 5년 전— 텐코가 열 살이었을 때.

천화월국은 오푸스 암흑교단이 거느린 암흑기사단의 습격을 받아…… 하루아침에 허망하게 멸망했다.

지금 생각해 봐도 그저 악몽일 뿐인, 순식간에 벌어진 일이었다.

황족은 몰살당했고, 백성은 학살당했고, 살아남은 근소한 동포— 특히 귀미인 여성은 모조리 노예 상인에게 팔렸다.

귀미인 여성은 다들 미인이라서 비싸게 팔 수 있기 때문이다.

당연히 붙잡힌 텐코도 상품으로 취급되었다. 고귀한 무가의 귀인에서 일변하여 하루아침에 최하층 노예 신분이었다.

텐코는 미인들뿐인 귀미인 중에서도 특히나 뛰어난 외모를 가지고 있었기에 부당하게 높은 가격으로 거래되어 아인 취미를 가진 부자에게 사육당하게 되었다.

우리에 갇히고 쇠사슬에 묶여 그 부자에게 수송되었다.

그때 텐코에게는 절망뿐이었다. 조국을 잃고, 동포를 잃고, 가족을 잃고, 그리고 자유조차 잃었다. 몸에 새겨진 【예속 각인】 때문에 혀를 깨물어 자살할 수조차 없었다.

자신은 이제 온갖 존엄을 박탈당하고 이 세상에서 가장 비참한 존재로 전락한다…… 그런 불행에 울부짖을 기력도 없었다.

하지만 우리 구석에서 절망에 빠진 텐코를 구한 것이— 앨빈의 아버지, 캘바니아 왕국의 선왕 아르드였다.

동맹국이었던 천화월국의 생존자를 한 명이라도 구제하려고 병을 무릅쓰고서 왕이 직접 진두지휘하여, 불법적으로 노예를 거래한 자를 닥치는 대로 적발한 것이다.

노예 상인들을 베고 텐코를 구출한 왕은 텐코를 끌어안고서 울며 말했다.

—늦어서 미안하다고. 아무것도 못 해서 미안하다고.

—그래도 너만이라도 구해서 다행이라고.

그리고 왕은 오갈 데 없는 텐코를 자신의 가족으로 맞이하여…… 알마의 의자매로서 자신의 친딸처럼 키웠다.

알마도 텐코를 친자매처럼 대했다.

모든 것을 잃고, 살아갈 기력조차 잃었던 텐코를 아르드 왕과 알마가 구한 것이다.

그렇게 큰 은혜를 베푼 왕이 죽기 전에 텐코에게 이런 말을 남겼다.

—알마를…… 앨빈을 부탁한다고.

—알마를 지켜 달라고, 곁에 있어 달라고.

'……그러니까 나는 기사가 될 거야……. 앨빈을…… 알마를 지키는 기사가 될 거야……. 그럴 거였는데……!'

그런데—.

텐코는 눈물에 젖은 얼굴을 들었다.

고지대에서 보이는 저 멀리— 중앙 광장에서 앨빈이 용과 싸우고 있는 모습을 보았다.

왜 나는 지금 앨빈 옆에 없지?

왜 나는 싸우지 않고 이렇게 멀리 떨어진 곳에서 꼴사납

게 웅크리고 있지?

"……으…… 아아…… 나, 나는……."

잔혹한 사실은 불 보듯 뻔했다.

몸이 움직이지 않았다. 무서웠다. 저 용과 싸우는 것이 진심으로 무서웠다.

지키고 싶다는 생각보다도 살고 싶다는 생각이 더 컸다.

텐코는 앨빈의 기사가 될 자격을 잃어버렸다.

"아, 아아아아…… 아아아아아아……!"

그것을 깨달은 텐코가 양손으로 땅을 짚고 울부짖으려고 했을 때였다.

"정말이지, 한심한 녀석들이야. 고작 저런 도마뱀 한 마리에게 쫄아서는."

턱. 텐코의 머리를 잡는 이가 있었다.

텐코가 고개를 드니 그곳에—.

"기사는 「그 마음에 용기의 불을 밝힌다」. ……공포를 이겨 내야 기사잖아?"

"시드 경?!"

시드 경이 대담하게 웃으며 서서 먼 곳을 응시하고 있었다.

"돼, 됐다……! 시드 경이…… 시드 경이 와 줬어……! 이걸로……!"

"시드 경이라면 저딴 용 따위……!"

시드의 등장에 똑같이 주저앉아 있던 블리체 학급의 학

생들이 열광했지만…….

"어? 시, 시드 경……? 어떻게 된 건가요? 그 모습……?"

시드의 이상한 모습을 보고 눈을 깜빡였다.

시드의 모습이…… 희미했다. 뭔가, 유령 같았다.

온몸에서 마나 입자가 훌훌 흘러나와 시드가 점점 희미해지는 것처럼…… 보였다.

그리고 지금까지 뭔가와 격전을 벌이고 온 것처럼 온몸이 너덜너덜했다.

"……늦게 와서 미안해. 이제 괜찮아."

시드는 아무렇지도 않다는 듯 그렇게 씩 웃었지만.

"……읏."

시드와 같이 온 이자벨라가 뒤에서 고뇌 어린 표정으로 고개를 흔들었다.

그걸 보고 학생들은 깨달았다.

사정은 잘 모르겠지만…… 시드는 곧 있으면 소멸해 버린다는 것을.

딱히 이상한 일은 아니었다. 애초에 전설 시대의 인간이 현대에 되살아나 있는 것부터가 상당히 부자연스러웠다. 마땅히 그래야 할 자연스러운 형태로 돌아갈 뿐이다.

「역시 틀렸나?」

학생들의 얼굴에 다시 절망의 색이 짙게 떠올랐다.

"괜찮다니까. 걱정하지 마."

하지만 시드는 그런 학생들을 안심시키듯 힘 있게 말했다.

"저런 새끼 도마뱀 한두 마리쯤 최후의 힘으로 곧장 처리해 주겠어. 그러니까 뒷일은 너희한테 맡기마. ……잘 있어라."

그 말을 남기고서.

시드가 용에게 달려가려고 했을 때였다.

"자, 잠시만요! 시드 경, 죽으려는 건가요?!"

텐코가 외치며 시드를 붙잡았다.

달려가려고 했던 시드의 발이 멈췄다.

"뭐예요, 그게?! 이해가 안 돼! 지금 시드 경이 죽어 가고 있다는 건 제가 봐도 명백해요! 마나가 이렇게나 희미한걸……! 죽은 사람이 되살아나는 건…… 역시 무리가 있었던 거죠?!"

"……."

"그런데…… 왜 싸우는 건가요?! 자진해서 죽으러 가는 거나 마찬가지잖아요!"

텐코는 마치 어린아이처럼 소리를 질러 댔다.

"그런데 왜……?! 도망쳐도 되잖아요! 전혀 잘못이 아닌데…… 잘못이, 아닐…… 텐데……!"

하지만— 그때였다.

무슨 생각을 했는지…… 시드가 텐코를 돌아보았다.

그리고 똑바로 텐코를 바라보며 말했다.

“텐코. 너는…… 아니, 너희는 누구에게 변명하고 있는 거야? 왜 그렇게 자기 마음에 거짓말을 하지?”

그런 시드의 지적에 텐코가 얼어붙었다.

텐코뿐만이 아니었다. 시드의 말은 마른침을 삼키며 두 사람의 모습을 지켜보던 학생들 모두의 마음에 푹 박혔다.

소리 내어 말하진 않았으나, 텐코의 말은 이 자리에 있는 일동의 본심을 대변하고 있었다.

약하니까. 이길 수 없으니까. 개죽음이니까. 어쩔 수 없으니까.

하지만 그렇게 나약함에 사로잡힌 학생들을 둘러보고 시드는 낭랑히 고했다.

“「기사는 진실만을 말한다.」”

“「그 마음에 용기의 불을 밝히어.」”

“「그 검은 약자를 지키고.」”

“「그 힘은 선을 지지하며.」”

“「그 분노는— 악을 멸한다.」”

시와 같은 말에 그 자리에 있는 모두가 귀를 기울였고…… 멍해졌다.

구절 하나하나는 불면 날아갈 것 같은 싸구려 이상론의 나열이었다.

하지만 듣는 이의 마음에 신기한 불을 지피는…… 그런 언령이었다.

"방금 그건…… 뭔가요?"

"옛 기사의 원칙이야."

의아해하는 텐코에게 시드가 조금 자랑스러워하며 말했다.

"기사는 맹목적으로 왕을 섬기는 가신도 아니고, 단순한 직업 군인도 아니야. **사는 방식**이야. 자신의 마음과 영혼을 속이지 않고 올바르게 사는 자가 기사야."

시드는 학생들을 둘러보며 물었다.

"너희는 기사가 아닌가? 너희의 마음은 앨빈의 저 모습을 보고 아무것도 못 느껴? 너희의 혼은 전혀 타오르지 않아? 모두를 구하려고 하는 미래의 젊은 왕이 보여 주는 의지와 각오를 보고…… 아무런 떨림도 없어?"

텐코가 퍼뜩 놀라 숨을 삼켰다.

그런 텐코를 내버려 둔 채 시드가 멀리서 싸우는 앨빈을 보았다.

"앨빈…… 분명 저 녀석은 자상하면서 현명한 「이상적인 왕」이 되겠지. 저 녀석이 내거는 빛은 모두의 마음에 희망의 불을 밝힐 거야. 하지만. 현실은 한없이 잔혹해. 아무리 왕이 고귀한 이상을 내걸어도 혼자서 할 수 있는 일은 한정되어 있어. 그렇기에 「이상적인 왕」에게는 「기사」가 필요해. 왕의 이상과 현실의 차이를 메꾸는 것— 그게 바로 기사의 역할이야."

"……."

"자, 그럼 다시 묻겠는데…… **너희는 뭐지?**"

그런 시드의 말에 텐코는.

그리고 학생들은—.

————.

마침내 한계가 찾아왔다.

애초에 피아의 저력 차이를 생각하면 지금까지 버틴 게 기적이었다.

"으으으으으으윽—?!"

폭풍처럼 휘둘린 용의 꼬리 일격이 기어이 앨빈을 때렸다.

물론 직격은 아니었다. 【바람 방패】로 막긴 했다.

하지만 이전처럼 충격을 흘리는 데 실패하여 앨빈의 몸이 방망이에 맞은 공처럼 날아갔다.

그리고 건물 벽에 부딪쳤고 그 충격으로 건물이 무너졌다.

"……아…… 으……."

순식간에 건물이 잔해 더미로 변하고 앨빈은 그 위에 힘없이 쓰러졌다.

온몸이 산산조각이 난 것처럼 아팠다. 한계까지 윌을 태우고, 한계를 넘어선 움직임을 수행한 반동이 맹렬하게 찾아왔다.

뭔가가 끊어져 버렸는지 온몸에서 단숨에 열이 빠져나갔다.

이제 손가락 하나 까딱할 수 없었다. 전투 불능이었다.

"……아, 아직……이야……. 아직……."

그래도 앨빈은 후들거리는 몸을 채찍질하여 검을 지팡이 삼아 일어서려고 했다.

하지만 몇 번을 시도해도 일어날 수 없었다. 일어서려고 할 때마다 다리에서 힘이 빠져 꼴사납게 엎어지고 말았다.

"그오오오오오오—!"

하늘 높이 도약한 용이 순식간에 앨빈 앞에 착지했다.

그 충격으로 왕도의 대지가 세차게 흔들렸고 앨빈의 몸도 속수무책으로 튀었다.

하늘을 향해 포효한 용은 입을 크게 벌려 마침내 앨빈을 물어 죽이려고 했다.

벌어진 입에 늘어선 검 같은 이빨들이 앨빈의 몽롱한 시야에 가득 펼쳐져 빠르게 다가왔다.

용의 숨결이 전신을 유린하고, 코를 찌르는 그 악취에 정신이 이상해질 것 같았다.

—여기까지인가.

다가오는 죽음의 광경을 남의 일처럼 바라보며.

앨빈은 최후의 순간에 멍하니 생각했다.

'……내게는…… 꿈이 있었어…….'

그랬다. 어릴 때부터 앨빈에게는 남몰래 품은 꿈이 있었다.

언젠가 자신이 왕이 되면.

왕가의 전승대로 동경하는 시드 경이 부활하여 기사로서 자신을 섬겨 주는…… 옆에 있어 주는…… 그런 어린아이 같은 꿈.

평생 남자로 살아야 하는 자신이 바랄 수 있었던 단 하나의 꿈.

'……나는…… 어릴 때부터 이야기 속의 시드 경을 동경했어……. 시드 경과 이렇게 만나기 전부터, 줄곧 그를 사랑했어…….'

생각해 보면 그것이 자신의 첫사랑이었다.

이야기 속 상대를 사랑하다니 우스꽝스러운 이야기지만…… 그것이 자신의 진짜 마음이었다.

그래서 그 첫사랑 상대가 정말로 왕가의 전승대로 부활하여 자신 앞에 나타났을 때, 가슴이 설렜다. 심장이 터질 것처럼 뛰었다.

'하지만 시드 경은 내 기사가 아니라…… **아르슬의…… 선조님의 기사였어.**'

당연했다. 시드가 그 옛날 진심으로 검을 바친 상대는 성왕 아르슬이다.

그 충성은 언제나 아르슬에게 향하는 것이 당연했고, 지금 시드가 자신을 지켜 주는 것은 아르슬에 대한 충의 때문이었다. 당연한 이야기였다.

'그래도…… 언젠가 내가 당신에게 있어 검을 바칠 만한 왕이 되면…… 그때는…….'

내게 기사로서 충성을 맹세해 줄지도 모른다고…… 생각했는데.

한 명의 소녀로서 지극히 당연한 사랑도 바랄 수 없는 자신에게 그것만이 단 하나의 구원이었고…… 희망이었는데.

'……하지만, 여기까지인가…….'

첫사랑이 끝나는 때.

줄곧 꿨던 꿈이 끝나는 때.

자신은 뜻을 이루지 못하고 끝나 버린다. 이 용에게 잡아먹혀 죽는다.

미련은 많았다. 자신이 죽은 후, 이 왕도는 어떻게 될까. 이 나라는 어떻게 될까. 동료들은 어떻게 될까.

하지만— 무엇보다 유감인 것은 결국 시드의 충성을 얻지 못한 것이었다.

'분하다…… 분해…….'

저도 모르게 눈물이 났다.

하지만 그래도 괜찮지 않을까? 동경하는 기사가 부활해서 곁에 있어 줬다. 지켜 줬다. ……그것만으로도 충분하지 않을까?

원래는 그것도 있을 수 없는 기적이다.

그 기적에 만족해야 하지 않을까.

'그리고…… 나는…… 내 왕도를 관철했어…….'

모든 것이 어중간하고 어정쩡했지만. 결국 무엇 하나 이루지 못했지만.

죽은 부왕만큼은…… 저세상에서 칭찬해 줄지도 모른다.

……앨빈이 그렇게 멍하니 생각하고 있으니.

마침내 용이 지옥의 가마솥처럼 거대한 입을 벌려 지척까지 육박했다.

지금 용이 입을 다문다면 그것만으로도 앨빈의 상반신은 용의 위 속에 들어갈 것이다.

'……안녕…… 텐코…… 얘들아…… 그리고…… 시드 경…….'

마지막 순간.

앨빈은 몸을 굳히고 눈을 감았다.

하지만—.

"이봐, 너의 왕도, 막을 내리기엔 아직 일러."

그런 말과 함께— 충격음.

"갸오오오오오오오오오오오오오오오오오오오오—?!"

고통스러워하는 용의 울부짖음이 왕도 전체에 울려 퍼

졌다.
“어?!”
앨빈이 눈을 뜨고 고개를 드니.
“……아…… 아아아아아……?!”
지금 앨빈이 누구보다도 보고 싶어 했던 기사가 그곳에 있었다.
시드였다. 뿌연 시야 속에 시드가 있었다.
시드가 측면에서 용의 머리를 후려친 것이다.
용은 그 엄청난 충격에 머리를 흔들며 한 걸음씩 물러났다.
“시, 시드 경…… 어떻게…… 여기에……?!”
“나만 온 게 아니야.”
시드가 씩 웃자.
“앨비이이이이이인!”
용 주위에 여러 기척이 나타났다.
“이이이이이야아아아아아아아아—!”
텐코였다.
측면에서 과감하게 도약하여 날카로운 기백이 실린 염도를 용의 오른쪽 눈에 꽂았다.
예리한 칼끝이 안구에 박히고—.
“크아아아아아아아아아아아아아아아아아아—?!”
그 격통에 용은 더더욱 마구잡이로 손발을 휘두르며 날뛰기 시작했다.

그런 용에게—.

"우오오오오오오오오오—!"

"하아아아아—!"

크리스토퍼가. 일레인이. 리네트가. 세오도르가.

동료들이 나타나 용을 에워싸고 사방팔방에서 결사의 각오로 차례차례 달려들었다.

시드의 첫 공격이 심한 뇌진탕을 일으켜서 정신을 빼놓은 것. 그리고 텐코가 용의 오른쪽 눈을 실명시킨 것.

그것들이 어우러져서 완전히 혼란 상태에 빠진 용은 날벌레처럼 달려드는 학생들을 전혀 잡지 못했다.

"얘, 얘들아……?! 어째서……?"

그 광경을 보고 앨빈이 경악하여 외쳤다.

그런 앨빈에게 동료들이 저마다 말을 던졌다.

"미안해, 앨빈. 늦었어……!"

"정말로 죄송해요……! 제 나약한 마음이 부끄러울 따름이에요!"

"저, 저저저, 저희도 싸우겠어요……!"

"그래, 확실히 기사가 되려는 자가…… 이런 순간에 물러나 있을 순 없어!"

다들 그렇게 말하며 헛발을 딛는 용을 필사적으로 공격했다.

몸부림치며 날뛰는 용의 손발에 잘못 맞기라도 하면 즉

사하는 상황이라 다들 공포로 새파래졌지만 용기를 쥐어 짜서 싸우고 있었다.

"앨빈! 저도……!"

텐코도 눈물을 머금고서 노도와 같은 연속 공격을 가하며 외쳤다.

"제게는 이제 그럴 자격이 없을지도 모르지만! 저도 당신의 기사로 있게 해 주세요! 지금은 약하고 보잘것없지만! 하지만…… 언젠가 시드 경 같은 훌륭한 기사가 될 테니까……! 그러니까……!"

그렇게 동료들이 결사적으로 분전하는 모습에.

"……다들, 고마워……."

앨빈은 가슴이 벅차올라 말문이 막혔다.

"……너도 애썼어, 앨빈. 잘했어."

그리고 시드가 앨빈에게 말했다.

"나도 마지막 일을 하러 갔다 올게."

"마, 마지막……?"

"그래. 짧은 시간이었지만 두 번째 삶도 나쁘지 않았어."

그때, 앨빈은 처음으로 눈치챘다.

시드의— 이상을.

"시드 경…… 그 모습……?"

"……."

시드는 침묵으로 대답했다.

두 사람은 한동안 말이 없었지만.

이윽고 앨빈도 뭔가를 깨닫고 말았다.

"그런가…… 그렇겠죠……."

앨빈이 슬프게 눈을 내리떴다.

"사실은…… 알고 있었어요……. 죽은 사람이 진정한 의미에서 되살아날 리가 없다는 걸……. 어떤 기적 같은 마법을 써도 그런 일은 있을 수 없다는 걸……."

"……그렇지……."

"시드 경…… 이제 사라지는 거군요……."

"그래."

"모처럼, 만났는데……. 싫어…… 이런 건…… 이런 건……."

뚝, 뚝.

고개 숙인 앨빈의 눈에서 뜨거운 눈물이 떨어져 지면을 적셔 나갔다.

그런 앨빈의 모습을 내려다보던 시드는—.

"각설하고, 아까 너의 싸움에 관해서인데…… 역시 너는 왕 실격이야."

그런 엄격한 말을 던졌다.

"왕이 혼자 돌격하면 어쩌자는 거야? 왕이 당하면 나라는 끝이야. 그러니까 너는 다른 무엇을 희생해서라도 도망쳤어야 해."

하지만 그런 엄격한 말과는 반대로 시드는 온화하게 미소 짓고 있었다.

"하지만— **마음에 들었어.**"

"예?"

"너의 왕도, 똑똑히 봤어. ……너는 아르슬보다 나을지언정 못하지 않은, 내가 섬길 만한 왕이야."

"시, 시드 경……?"

당황하는 앨빈 앞에서 시드가 무릎을 꿇고 가슴에 손을 얹었다.

그리고 시드는 앨빈에게 낭랑히 선서했다.

"지금까지 보인 무례한 언동을 용서해 주십시오. 그리고 바라옵건대— 당신을 섬기는 기사의 말석에 저를 앉혀 주시고, 제 검을 당신께 바치는 것을 허락해 주시기 바랍니다. 지금부터 제 검과 제 혼은 모두 당신 것입니다. 그리고 부디 제게 최후의 명령을. 머지않아 당신을 두고 저세상으로 떠날 한심한 몸이지만…… 당신이 내리는 최후의 명을 시드 블리체의 이름을 걸고 전신전령으로 완수할 것을 맹세하겠습니다, 나의 주군."

"그, 그 말은……."

시드의 말에 앨빈은 한동안 멍하니 있다가.

웃었다.

흘러넘치는 눈물을 닦으면서 힘껏 웃었다.

"당신과 만나서, 정말로 다행이야……. 당신이라는 기사의 왕이 되어서…… 정말로 다행이야……! 고마워요, 시드 경…… 나의 기사……."

앨빈이 그렇게 대답했을 때였다.

두근.

"……?!"

앨빈과 시드의 몸이 동시에 공명했다.

"……어? 이게 뭐야……? 어떻게…… 된 거야? 뜨거워……?!"

"뭐야, 이건?"

오른손이 타는 느낌이 들었다.

무슨 일인가 싶어서 앨빈과 시드가 손을 보니—.

"으윽?!"

시드를 전생소환했을 때 새겨진 검 문장이 뜨겁게 빛나고 있었다.

그리고 문장의 형태가 변했다. 검에 새롭게 왕관이 포개졌다.

대량의 마나가 빛의 입자가 되어 앨빈에게서 떠올랐다.

"어?! 대, 대체 무슨 일이……?!"

"이건……."

그건 시드도 마찬가지였다.

시드의 손에 새겨진 검 문장도 똑같이 빛나며 형태가 바뀌고 있었다.

그리고—.

"시, 시드 경……?! 그 모습……!"

시드의 모습에 이변이 생겼다.

앨빈에게서 떠오른 마나가 시드에게 쏟아졌다. 흘러들었다.

당장에라도 사라질 것 같았던 시드의 모습이 점차 원래대로 돌아왔다.

고갈됐던 마나가 보충되며 시드가 힘을 되찾아 갔다.

"대, 대체 이게 무슨……?"

그리고.

과연 그것은 누구의 기억일까?

처음 보는 영상이, 처음 듣는 말이 앨빈과 시드, 두 사람의 뇌리에 주마등처럼 떠올랐다.

————.

『그건 왕과 기사의 유대를 나타내는 문장입니다.』

『왕이 진정으로 기사에게 믿음을 가졌을 때, 기사가 진정으로 왕에게 충성심을 품었을 때, 그 문장은 진정한 힘을 발휘할 겁니다. —당신은 진정한 의미에서 되살아나는 겁니다.』

————.

"……."

얼이 빠진 앨빈을 내버려 두고서 시드는 자신의 손을 쥐었다 폈다 했다.

한동안 시드는 생각에 잠겨 그 동작을 반복했지만.

이윽고.

"그렇군. 그런 건가, 아르슬."

뭔가를 이해한 듯 그렇게 중얼거리고서 앨빈을 보았다.

"앨빈, 이제 두려워할 건 전혀 없어."

"시드 경?"

"아까 한 말은 취소야. 한동안은 저세상으로 갈 일 없어. 너한테는 내가 있어. 지금 나는 너의 충실한 기사. 너의 기대에 반드시 부응하겠어. 네가 걸을 왕도를 내가 깔아 주겠어. 자, 명령해. 내가 너의 기사가 되어 맨 처음으로 받을 왕명을."

앨빈은 그런 시드의 선언에 말을 잇지 못했지만.

이윽고 점차 시드의 말을 이해하면서.

몸을 파르르 떨고…… 기쁘게 웃으며 말했다.

"영광이에요. 경의 충성을 얻은 것…… 기쁘게 생각해요. 아무쪼록 제게 힘을 빌려주세요! 모두를 지켜 주세요! 이 나라를 지켜 주세요! 나의 기사, 시드 경……!"

"……뜻대로, 나의 주군."

울먹이며 말하는 앨빈에게 시드가 씩 웃고서 대답했고.

지금, 이곳에 새로운 주종이 탄생한 그 순간.

시드가 하늘 높이 도약하여 용에게 달려들었다.

————.

용과 필사적으로 싸우던 학생들은 눈을 홉뜰 수밖에 없었다.

갑자기 굉음과 함께 하늘에서 번개가 여럿 내리쳐 용의 전신을 꿰뚫었기 때문이다.

극광이 터지며 시야가 흑과 백으로 세차게 명멸했다.

"오오오오오오오오오오오—!"

그리고 번개와 함께 하늘에서 내려온 시드가 용의 정수리에 오른쪽 주먹을 때려 박았다.

크오오오오오오오오오오오오오오오오오오오오오오—?!

그 순간, 용이 고통스럽게 포효하며 두 발로 서서 몸을 뒤로 젖혔다.

"나, 낙뢰?! 방금 그건 대체?!"

눈을 깜빡이는 학생들 앞에.

"……정말이지. 하면 잘하잖아, 너희."

시드가 가벼운 발소리로 착지했다.

"하지만 저 정도 급의 요마는 아직 너희에게 너무 버거워. 나머지는 나한테 맡겨."

"시드 경?! 모, 몸은 괜찮은가요?!"

"그래, 괜찮아. 앨빈 덕분에 말이야."

상황을 모르는 학생들은 고개를 갸우뚱할 수밖에 없었다.

"지금까지는 내 존재를 대폭으로 소모하는 짓이라서 봉인했지만…… 보여 주마. 전설 시대의 마법을. ……**마법기사**의 싸움을."

"마, 마법기사……? 그, 그게 뭐죠……?"

시드와 학생들이 그런 대화를 나누는 동안 자세를 바로잡은 용이 격노하여 시드를 향해 맹렬하게 돌진했다.

대지를 뒤흔들며, 모든 것을 압살하고 무너뜨리고자 사나운 질량으로 돌진했다.

"히익—?!"

학생들은 그런 용의 모습에 무심코 몸을 움츠렸지만…….

시드는 빠르게 뭐라 뭐라 고대 요정어를 외웠다.

그 순간.

파지직! 시드의 발밑에서 번개가 발생하더니 용 주위로 무수한 번개의 선이 순식간에 종횡무진 그어졌다.

그것은 마치 번개로 만들어진 거미줄, 혹은 새장 같았다.

그리고 다음 순간.

시드의 모습이 홀연히 사라졌고.

번개 거미줄을 따라— 맹렬한 섬광이 달렸다.

"이게 무슨—?!"

텐코의 눈이 더 크게 뜨였다.

눈을 깜빡이기도 전에 용의 온몸이 깊이 베였기 때문이다.

"갸오오오오오오오오오오오오—!"

순식간에 십여 개의 깊은 인상(刃傷)을 입은 용이 고통스러워하며 몸부림쳤다.

그리고 어느새 그곳으로 갔는지.

"……【신뢰각(迅雷脚)】."

조금 전까지 학생들 옆에 있었을 터인 시드가.

반개한 오른손을 휘두른 모습으로, 몸부림치는 용 건너편에서 잔심 상태에 들어가 있었다.

학생들은 방금 대체 무슨 일이 벌어졌는지 아무도 이해하지 못했다.

당연했다.

방금 시드는 번개로 공간에 선로를 긋고 그 선로 위를 미끄러지듯 초고속 이동하여 용을 순식간에 벴기 때문이다. ……문자 그대로 번개 같은 속도로.

번개를 눈으로 좇을 수 있는 사람은— 이 세상에 없다.

"고오오오오오오오오오오오오—!"

용이 분노에 찬 눈으로 시드를 노려보고서 그 등에 불을 뿜으려고 했지만—.

번개가 달렸다.

이번 번개의 선로는 용의 머리를 뛰어넘는 궤적으로 두 개였다.

찰나, 시드의 몸이 번개의 궤적을 덧그리듯 뇌속(雷速)으로 하늘을 날았다.

서걱!

불을 뿜으려고 했던 용의 아래턱이 날아가며 용이 한층 더 고통스러워했고—.

"읏차. 다녀왔어."

착!

시드가 순식간에 학생들 곁으로 돌아왔다.

"그, 그건 뭔가요……? 요정마법……? 하지만 경은 요정검을……."

"「요정은 만물에 깃든다」고 했잖아? 자세히 보면, 자세히 들으면, 요정들은 어디에나 있어. 마법은 반인반요정의 전매특허라고, 사람은 요정검이 없으면 마법을 못 쓴다고…… 대체 누가 정했어?"

재차 시드의 발밑에서 번개가 발생하고 용의 주변에 종횡무진 선이 그어졌다.

그리고 섬광이 세계를 가르며 달렸다.

그 섬광의 정체는 역시 번개와 일체화한 시드였다.

시드가 번개 선로를 따라 용 주위를 종횡무진 달리며— 오른손과 왼손으로 용을 난도질했다.

섬광이 꺾이는 순간 용의 꼬리가 날아갔고 오른쪽 앞다리가 절단되었다.

용의 비늘이 마치 종잇장처럼 잘려 나갔다.

이제 용은 시드의 움직임을 눈으로 좇지도 못하고— 그저 일방적으로 유린당했다.

천공에 날뛰는 번개가 용에게 분노의 천벌을 내리는 것 같은…… 그런 광경이었다.

"대단해……."

눈앞에서 전개되는 광경을 보고 학생들은 아연해했다.

"텐코……."

그때, 마침내 따라잡은 앨빈이 비틀비틀 텐코 옆으로 다가왔다.

"아, 앨빈…… 괜찮아요?!"

텐코가 앨빈에게 달려가 부축했다.

"나는…… 괜찮아……. 그보다도……."

앨빈은 아득한 눈으로 시드의 싸움을 바라보았다.

"크오오오오오오오오오오오오오—!"

용도 절대 상위종의 오기를 보이며 어떻게든 시드를 물어뜯으려고 했다.

하지만 그 발밑에 번개 선로가 지그재그로 그어졌고.

찰나, 번개로 화한 시드가 용의 발밑을 지그재그로 신속하게 달렸다.

"【신뢰각】."

"갸오오오오오오아아아아아아아아아아—?!"

그렇게 달리면서 가한 시드의 참격이.

반개한 오른손으로 가한 무쌍의 참격이.

용의 다리를, 배를, 가슴을 마구 썰었다.

벼락을 맞은 것 같은 충격이 용의 전신을 관통하며 촤! 혈화가 피었다.

그리고 즉각 용의 등을 스치듯 번개의 선이 그어지고—.

그곳을 뇌속으로 달린 시드가 용의 등을 깊이 썰었다.

시드가 이동하고 공격하는 속도와 위력은 끝없이 계속 올라갔다.

———.

한 기사가 용과 격렬하게 싸우고 있었다.

상상을 뛰어넘는 영역의 움직임으로 용을 그저 압도했다.

허공을, 지면을, 자유자재로 달리는 무수한 뇌선(雷線).

그 선로를 번개 같은 속도로 달리는 시드.

시드가 일진의 섬광으로 화하고, 그 팔로 가하는 참격이 용을 가차 없이 썰었다.

그런 준열하면서도 화려하고 장엄한 광경이 아낌없이 전개되었다.

그것은 그야말로 전설 시대 기사가 펼치던 싸움의 재래였다.

전설 회화를 그대로 현실로 만든 것 같은 기사와 용의 싸움.

기사 이야기의 단골 소재라고 해도 좋은 전개.

하지만 실제로 그것을 목격했을 때의 박력과 거룩함, 웅장함은— 이야기의 스케일을 아득히 능가했다.

모두가 시드의 싸움을 말없이 주목하고 있었다.

그 자리에 있던 블리체 학급 학생들도.

멀리서 싸움을 지켜보던 다른 학급 학생들과 요정기사들도.

피난 장소에서 마른침을 삼키며 동향을 지켜보던 민중도.

그리고—.

"……."

"……."

시드의 싸움을 가장 가까이서 지켜보던 앨빈과 텐코도.

그저 조용히 바라볼 수밖에 없었다.

넋이 나간 것처럼, 마음을 빼앗긴 것처럼, 지켜볼 수밖에 없었다.

그 정도로 시드의 싸움은, 검무는 아름다웠다.

“이, 이것이…… 진짜 시드 경……?”

너무나도 차원이 다른 시드의 싸움에 텐코는 황홀경에 빠져 있었다.

“……나도…… 저런 굉장한 기사가 되고 싶어…….”

눈물을 뚝뚝 흘리며 지켜보고 있었다.

경쟁심이나 질투로 흘리는 눈물이 아닌 감동의 눈물이었다.

그런 텐코에게 앨빈이 말했다.

“텐코…… 그거 알아?”

“뭐 말인가요?”

“시드 경은 말이지…… 《야만인》 말고도 또 다른 이명이 있어. 이제는 아무도 모르는…… 세월의 흐름과 함께 사라져 버린 진정한 이명이…….”

“그게 뭐죠……?”

텐코의 물음에 앨빈은 말했다.

써 시드 더 블리체
“《섬광의 기사》 시드 경.”

시드의 이명— 그 의미.

왜 시드가 그렇게 불렸는지.

앨빈은 그 유래를 지금 처음으로 이해했다.

—그리고.

긴 듯 짧았던 싸움은 마침내 끝을 맞이했다.

"제법인데, 용. 역시 자연계의 절대 상위종이야."

시드가 땅에 그어진 번개와 함께 고속으로 이동하며 대담하게 말했다.

"이렇게나 벴는데도 전투 잠재력이 전혀 떨어지지 않았어…… 훌륭해."

떨어지기는커녕.

번개처럼 움직이는 시드에게 익숙해졌는지.

용은 점차 시드의 움직임을 따라잡고 있었다.

계속 이대로 가면 조만간 시드를 붙잡아 깨물어 부술지도 몰랐다.

하지만—.

"……끝내기로 하지."

시드는 그런 용을 응시하며 냉정하게 자세를 낮추고 나직이 중얼거렸다.

그 순간.

역시나 용의 발밑에 번개의 선이 한없이 그어지고—.

용의 전신— 머리부터 꼬리 끝까지 번개의 선이 그어졌다.

그리고 시드의 오른손에서 번개가 흘러넘치기 시작했다.
파직파직 맹렬한 광량을 가지고서 번개가 시드의 오른손에서 터지며 주변을 새하얗게 물들였다.
그리고 그때.
용도 재차 포효하여 왕도 전체를 뒤흔들고서— 시드를 향해 돌진했다.
아마 지배자의 긍지를 건 돌진일 것이다.
그 돌진은 누구도 막을 수 없었다. 모든 것을 유린하고 짓밟아 주겠다는…… 살의에 찬 돌진이었다.
거대한 벽과 같은 압도적 질량을 가진 용의 돌진을 시드는 정면에서 똑바로 응시하다가—.
—움직였다.
한 줄기 번개로 화하여 땅에 그어진 뇌선을 뇌속으로 덧그렸다.
용에게 육박함과 동시에 용의 몸에 그어진 선을 따라, 번개가 흘러넘치는 오른손으로 뇌속으로 벴다.
뇌속의 움직임에 실은 뇌속의 참격.
그것은 뇌속을 뛰어넘은 신속(神速), 절대 피할 수 없는 마검이었다.
땅에 그어진 번개의 선은 마치 악보 같았고, 그 움직임은 하늘을 달리는 시 같았다.
그렇기에—.

"—【천곡(天曲)】."

귀청을 찢으며 천 리를 달리는 벼락같은 소리와 함께.

시드가— 용을 **통과했다.**

용의 뒤에서 오른손을 뻗은 채 잔심 상태에 들어갔다.

그와 동시에 용도 그 거구를 우뚝 멈췄다.

"……."

한동안.

다들 마른침을 삼키며 지켜보는 가운데, 양자는 침묵을 유지했다.

하지만.

이윽고…….

주륵! 용의 몸 중앙이…… 좌우로 틀어졌다.

머리부터 꼬리 끝까지 그어진 선을 따라 용의 몸이 둘로 갈라졌다.

두 덩이 고깃덩어리가 된 용의 몸은…… 그 중량으로 세차게 지면을 때림과 동시에 대량의 검은 안개가 되어 순식간에 소멸했다.

"……좋은 사투였어."

시드가 오른손을 흔들어서 검은 안개로 변하는 피를 털었다.

마치 검을 검집에 넣는 것처럼 반개한 오른손을 천천히 움켜쥐었다.

"용이여. 나의 검이 열어 나갈 내 주군의 길의 초석이 되어…… 편히 잠들라."

마지막으로 그렇게 나직이 고하고서.

시드는 작게 기도를 올렸다.

"……."

"……."

앨빈도, 텐코도, 학생들도, 민중도.

한동안 넋이 나간 것처럼 그 광경을 바라보았지만.

이윽고.

멈췄던 시간이 점차 움직이기 시작하여—.

오오—!

온 왕도가 환호성에 휩싸였다.

나라의 존망을 건 싸움이 마침내 끝을 고했다.

종장 새로운 전설의 개막

『옛날 옛적, 어느 나라에. 시드 경이라는 기사가 있었습니다.』

—그것은.

어릴 적, 틈만 나면 아버지에게 들었던 영웅담이었다.

『때는 대륙이 난마와 같이 어지러웠던 전란의 시대. 성왕 아르슬은 사람들을 위해, 평화를 위해 몸을 던져 싸웠습니다.』

『시드 경은 그런 성왕 아르슬과 언제나 함께하며 성왕을 위해 싸웠습니다.』

『성왕을 위해서라면 만 명의 적군과 싸우고.』

『성왕에게 위기가 닥치면 목숨을 던져 지켰습니다.』

『그 기사는 성실하며 용맹하고 과감했습니다.』

『약한 자를 지키는 상냥함과 선한 자 측에 서는 고결함, 악을 미워하는 뜨거운 영혼을 가지고 있었습니다.』

『그 기사의 무공과 공적은 헤아릴 수가 없었고—.』

아버지가 들려주는 이야기 속 시드 경은 그야말로 기사 중의 기사여서.

나는 어느새 눈을 반짝거리며 아버지의 이야기를 듣곤

했다.

『—이러한 모험을 거쳐서.』

『기사는 《섬광의 기사》 시드 경이라고 칭송받게 되었습니다.』

하지만 그날은.

『……왜 그러니? 알마.』

『아아, 혹시 싫증이 나서 그러니?』

『하하하, 어릴 때부터 몇 번이나 들려줬으니 말이지.』

내 표정이 좋지 않은 것을 보고 아버지는 쓴웃음을 지으며 내 머리를 쓰다듬었다.

—아니, 그런 게 아니야.

나는 고개를 저었다.

나는 아버지가 들려주는 시드 경의 이야기를 아주 좋아했다.

몇 번을 들어도 질리지 않았다. 질릴 리도 없었다.

다만— 이날은 안 좋은 말을 듣고 말았다.

『……《야만인》 시드 경?』

그랬다.

나는 알아 버렸다.

아버지가 들려주는 시드 경의 이야기와 모두가 알고 있는 시드 경의 이야기.

그 둘은 하늘과 땅만큼 차이가 난다는 것을. 크게 어긋나 있다는 것을.

모두가 아는 시드 경은 야만스럽고, 잔혹하고, 매우 나쁜 기사였다.

사랑하는 시드 경이 사실은 그런 인물이었을지도 모른다고 생각하니.

나는 너무너무 슬퍼서 견딜 수가 없었다.

그러자 아버지는 역시 슬픈 표정으로 내 머리를 쓰다듬고서 이렇게 말했다.

『알마는 어느 쪽이 진짜라고 생각하니? 아빠가 이야기하는 시드 경과 모두가 이야기하는 시드 경.』

나는 망설이지 않고 대답했다.

—아빠가 이야기하는 시드 경이 진짜라고.

『……아아, 다행이야.』

그러자 아버지는 진심으로 안도한 듯 미소 지었다.

『그거면 됐다, 알마. 그거면 됐어…….』

아버지가 왜 안도하는지 나는 알 수 없었다.

『그렇단다, 알마. 시드 경의 이야기는…… 우리만큼은…… 성왕 아르슬의 계보, 캘바니아의 왕족인 우리만큼은…… 올바르게 전해야 해.』

『세상 사람들이 아무리 시드 경을 나쁘게 말해도.』

『우리만큼은 시드 경에게 경의를 표해야 해.』

『그래야만…… 한단다…….』

—그게 대체 무슨 뜻이야?

내가 물어도 아버지는 많은 것을 이야기하지 않았다.

대신 아버지는 언제나 내 머리를 쓰다듬으며 이렇게 말했다.

『언젠가…… 알마에게, 혹은 알마의 아이에게, 혹은 더 나중의 후손에게.』

『우리 일족에게 큰 재앙이 닥칠 거야.』

『하지만 무서워하지 않아도 돼.』

『우리에게는 기사가 있단다.』

『죽어서도 우리를 지키겠다고 약속해 준 기사 중의 기사가 있단다.』

『그래, 우리에게는 시드 경이 있단다.』

그런 아버지의 말에.

내 가슴은 언제나 크게 두근거렸다.

아아, 만약 시드 경이 내 기사가 되어 준다면.

그러면 얼마나 멋질까—.

『그럼 알마는 훌륭한 임금님이 되어야겠네…….』

아버지는 죽을병을 앓았고, 어머니는 일찍 세상을 떠나서 아이를 만들 수 있는 상태가 아니었다.

여자인 나를 왕으로 만드는 것이…… 얼마나 잔혹하고 이기적인 일인지 아버지는 잘 알았다.

자신의 모든 한심함을 곱씹으면서도.

가시밭길을 가야만 하는 나를 생각하여.

『훌륭한 왕이 되면…… 분명 시드 경이 도와줄 거다.』

내 머리를 쓰다듬으며 그렇게 말했다.

그래서 나는 맹세했다.

—응, 될게. 될 거야.

—나, 훌륭한 왕이 될 거야.

—만약 내가 시드 경과 만나면.

—시드 경이 내 기사가 되어 주도록.

—시드 경이 기사로서 섬기고 싶어 할 만한 훌륭한 왕이.

—반드시 될 테니까.

————.

"자, 달려. 죽어라 달려."

"""""으아아아아아아아아아아아아아아아아아아아아—!"""""

캘바니아성 훈련장에.

오늘도 역시나 블리체 학급 학생들의 외침이 울려 퍼졌다.

학생들은 하나같이 무거운 전신 갑옷을 입고서 달리고 있었다.

시드는 훈련장 끄트머리에서 그런 학생들을 여유롭게 바라보고 있었다.

"흐음?"

오늘부터 학생들의 발에 쇠사슬로 쇠공을 달고 달리기를 시키기로 했다.

학생들은 쇠공을 질질 끌며 달리고 있었다.

분명 학생들은 이전보다 더한 지옥의 고행을 맛보고 있을 것이다.

하지만—.

이제는 누구도 불평불만을 늘어놓지 않았다.

앨빈, 텐코, 일레인, 크리스토퍼, 리네트, 세오도르…… 피로와 고통으로 표정을 일그러뜨리고는 있지만 눈은 진지했다.

모두의 얼굴에는 늠름한 패기가 가득했다.

아무래도 요전번의 싸움을 통해 학생들 안에서 뭔가가 바뀌기 시작한 것 같았다.

"……흠, 한 단계 성장했으려나?"

달리는 학생들을 보며 시드가 그런 말을 중얼거렸다.

물론 진정한 기사가 되려면 단련하고 배워야 할 것이 수두룩했다.

검도, 마음도, 혼도. 기사에 이르는 길은 아직 멀고 험했다.

하지만 그래도.

앞선 싸움의 경험이 뭔가의 계기가 됐다면.

질리도록 높고 긴 여정의 첫걸음이 됐다면.

그 싸움에는 분명 의미가 있었으리라.

"뭐, 돌봐 주도록 하지. 나는 교관이니까—."

왕도 사변이 있고 나서.

한동안 왕국 상층부는 다양한 사후 처리 때문에 시끄러웠다.

전후 처리, 기사단 재편, 파괴된 왕도 재건, 집을 잃은 백성에의 보상, 북쪽 마국의 동향 재조사…… 할 일은 산더미 같았다.

특히 캘바니아 왕립 요정기사 학교 안에 오푸스 암흑교단의 대마녀가 마법으로 잠입해 있었다는 사실은 상층부 사람들에게 큰 충격을 줬다.

3대 공작가 세력 중에는 이 사태를 끌어와 왕가의 통치 능력에 의문을 표하며 민심과 여론을 조작하려는 자도 있었지만…… 백성 대부분이 그것을 일소에 부쳤다.

전후, 섭정 이자벨라가 완벽한 정치 수완으로 순식간에 백성에 대한 보상 처리를 끝냈고, 무엇보다 그들은 보았다.

나라의 미래를 짊어진 젊은 왕자— 앨빈이 목숨을 걸고 동료들과 함께 용과 맞서 싸우는 용감한 모습을.

그리고 그런 왕자를 따르는 전설 시대 기사의 싸움을.

그들이 바로 왕 중의 왕이자 기사 중의 기사…… 모두가 그렇게 칭송하며 3대 공작가의 의도는 완전히 빗나가고 말았다.

애초에 북쪽 파봄 평원에서의 성과 싸움도 시드 한 명에게 대패하여, 이번 일로 3대 공작가는 왕가에 찍소리도 할 수 없었다.

그리고—.

"하아……! 하아……! 하아……!"

마침내 오늘의 달리기를 끝내고서.

학생들이 갑옷을 벗어 던지고 훈련장 한편에 축 늘어져 있으니.

"애썼어, 수고했다."

폭삭! 앨빈의 머리에 수건이 올려졌다.

시선을 올리니 시드가 옆에 서 있었다.

"가, 감사합니다……."

주저앉은 앨빈이 구슬땀이 맺힌 얼굴을 들어 생긋 웃었다.

"최근에는 다들 열심히 하고 있잖아. 처음 봤을 때는 이렇게 빈약한데 무슨 기사가 되겠다는 건가 싶어서 어이가 없었지만 점점 튼튼해지고 있어."

시드가 학생들을 둘러보며 그렇게 말했다.

"다들…… 저도 포함해서, 자신의 미숙함을 통감했으니까요. 조금이라도 시드 경을 따라잡으려고 필사적인 거예요."

"그런가. 뭐, 좋은 경향이야. 힘내라."

"아하하, 네……."

"그럼 내일부터 쇠공을 하나 더 추가할까."

"그, 그건…… 살살 부탁드릴게요."

잘그락거리며 시드가 새로운 쇠사슬과 쇠공을 꺼냈고 앨빈이 쓴웃음을 지었다.

그리고 앨빈은 시드를 열띤 시선으로 빤히 바라보았다.

그 시선을 알아차린 시드가 픽 웃으며 말했다.

"왜 그래? 앨빈. 이제부터 한층 더 지옥 같은 특훈이 시작될 건데 기분이 꽤 좋아 보인다?"

"네? 그, 그건……."

앨빈은 부끄러운 듯 시선을 내리고서 나직이 말했다.

"시드 경이 이렇게 저희 곁에 있어 주는 게 기뻐서요……."

"……."

"그 싸움 후에…… 시드 경이 사라지지 않아서, 정말로 다행이에요."

앨빈이 진심으로 안도하며 중얼거리자 시드는 자신의 오른손을 보았다.

검 문장이 떠올라 있는 그 손등을.

"……아무래도 이게 아르슬의 뜻인 것 같아."

"선조님의 뜻이요……?"

"하지만 진정한 의미에서 이 세상에 나를 붙든 건 너야, 앨빈."

시드는 앨빈을 똑바로 마주 보았다.

"너는 왕으로서의 각오와 자격을 보여 줬어. 그럼 내가 검을 바치는 건 당연한 일이지."

"그, 그런…… 저 같은 건 아직……."

앨빈이 허둥거리며 겸손의 말을 꺼내려고 했지만.

"그래, 맞아. 너는 왕으로서 아직 멀었어."

시드는 온화하게 웃으며 단호히 잘라 말했다.

"정말이지…… 너는 선조…… 아르슬 녀석과 판박이야. 입만 살아서는 물러 터졌고 정신이 빠져 있어서 위태로워."

"……으…… 그건……."

"하지만 나는 녀석의 그런 부분에 끌렸었어. 뭐, 당분간은 옆에서 너를 봐줄게. 나는…… 너의 기사니까."

살짝 풀이 죽은 앨빈에게 시드가 씩 웃었다.

그러자.

앨빈은 한동안 눈을 깜빡이다가.

"아하하! 잘 부탁드려요."

부드러운 표정을 지으며 시드와 함께 미소 지었다.

"있잖아요, 시드 경."

"응?"

"제 기사가 되어 줘서 고마워요."

그렇게 말하고서 앨빈은 몸을 살짝 내밀고 시드를 바라보았다.

왠지 뺨이 뜨거워졌지만 그런 건 어찌 되든 좋았다.

전하고 싶은 말이 있었다.

"저는…… 정말로 기뻐요……. 정말 고마워요……."

"인사는 필요 없어. 내가 그러고 싶어서 그렇게 했을 뿐이야."

"그래도 기뻐요……. 이날을, 이때를, 저는 줄곧…… 줄곧 꿈꿨거든요……. 어릴 때부터, 줄곧……."

"……앨빈?"

두 사람 사이에 침묵이 흘렀다.

결코 어색한 침묵은 아니었다.

진심으로 편안해지는, 아주 온화하고 상냥한 침묵이었다.

"저는…… 저는 어릴 때부터, 줄곧, 당신을—."

그리고 앨빈이 뭔가를 말하려고 했을 때였다.

불쑥!

"테, 텐코!?"

"……."

텐코가 말없이 앨빈과 시드 사이에 끼어들었다.

"갑자기 무슨 일이야?"

"……우우……."

당황하는 앨빈을 내버려 두고서 텐코는 한동안 언짢은 듯 뺨을 부풀리며 침묵하다가.

이윽고 포기한 것처럼 한숨을 쉬더니 작게 중얼거렸다.

"……저기, 시드 경……."

"응?"

"으음…… 그게…… 그러니까요…… 왕도 사변 이후로 계속 말을 못 했지만…… 경에게 전하고 싶은 말이 있어요."

"……?"

텐코답지 않은 태도에 시드가 고개를 갸웃하고 있으니.

"그…… 지금까지 무례한 말만 해서 죄송합니다!"

텐코는 귀와 꼬리를 축 늘어뜨리고 머리를 푹 숙였다.

"음? 딱히 신경 쓰지도 않지만, 새삼 뭐야?"

"……시드 경은……《야만인》 따위가 아니에요……. 경이야말로 기사였어요……. 저희보다도…… 이 세상 누구보다도…… 기사 중의 기사였어요……."

고개를 든 텐코는 매달리듯 시드의 손을 잡고 똑바로 올려다보았다.

"저는…… 경 같은 기사가 되고 싶어요! 누군가를 지킬 수 있는 강한 힘을…… 기사로서의 강한 마음을…… 저도 갖고 싶어요. 그러니까— 부디 가르쳐 주세요!"

"……."

"전설 시대를 살았던 선배 기사로서, 미숙한 제게 아무쪼록 지도와 편달을 부탁드려요! **스승님!**"

그렇게 필사적으로 호소하는 텐코를 보고.

시드는 한동안 눈을 끔뻑였지만.

이내.

"……그래, 좋아. 맡겨 둬, **제자**."

그렇게 쾌활하게 대답했다.

"말해 두는데 나는 엄격해. 힘껏 쫓아와라."

"스, 스승님……! 마, 만세……!"

그러자 텐코는 활짝 웃으며 귀를 쫑긋 세우고 꼬리를 살랑살랑 흔들기 시작했다.

"그, 그럼 스승님! 오늘부터 스승님의 시중은 전부 제게 맡겨 주세요! 제자니까 그 정도는 당연한 거죠?! 그, 그리고……!"

텐코가 들떠서 제자로서의 행동을 제안해 나갔다.

하지만 그런 텐코를 본 앨빈은…….

"자, 잠깐만, 텐코?! 저기…… 말해 두는데, 시드 경은 내 기사야!"

뺨을 부풀리고 항의했다.

"……하, 하지만 시드 경은 제 스승님이기도 해요!"

"뭐……?!"

"저는 앨빈을 친구라고 생각하고 소중히 여기지만…… 이것만큼은 질 수 없어요!"

"뭐, 뭐어어어어?! 무, 무슨 말을 하는 거야, 텐코!"

"예?! 아, 아니, 그게, 뭘까요?! 아하하하……."

그렇게 두 사람은 이해할 수 없는 일로 소란을 피우기 시작했다.

떠들썩한 두 사람을 내버려 두고서— 시드는 하늘을 올려다보았다.

한없이 선명한 푸른 하늘.

천천히 흘러가는 흰 구름.

눈부시게 쏟아지는 햇빛.

그것들이 마치 앞으로 시드가 걸어갈 길을 축복하고 있는 것 같아서.

'이것 참. ……끝까지 나보고 두 번째 삶을 살라는 거야? 아르슬.'

시드는 하늘을 향해 오른손을 들고 물었다.

자신의 기억 속에 사는 그리운 친구이자 주군에게 전해지도록.

'왜 내가 되살아났는지. 왜 내가 두 번째 삶을 살아야 하는지. ……과거에 나와 너 사이에 대체 무엇이 있었는지…….'

여전히 아무것도 떠올릴 수 없었다.

무엇 하나 알 수 없었다.

알 수 없지만—.

'뭐, 어쨌든 지루하지는 않을 것 같아.'

옆에서 난리를 피우는 앨빈과 텐코를 힐끔 보고 쓴웃음

을 지었다.

'그래, 좋아. 살겠어.'

만감을 담아 그렇게 결의했다.

'지켜봐 줘, 아르슬. 나의 새로운 기사도를—.'

어느 기사의 그런 결연한 마음이.

아득히 먼 하늘 저편으로 거침없이 나아갔다—.

■ 작가 후기

안녕하세요, 히츠지 타로입니다.

처음 뵙는 분은 처음 뵙겠습니다! 『변변찮은 마술강사와 금기교전』이나 『라스트 라운드 아서스』를 알고 계신 분이라면 늘 아껴 주셔서 감사합니다!

이번에 신작 『옛 원칙의 마법기사』가 마침내 간행되었습니다! 편집 및 출판 관계자분들, 정말로 고맙습니다! 저의 중2병 망상 세계를 과분하리만큼 멋진 일러스트로 꾸며 주신 일러스트레이터 토사카 아사기 님도 정말 감사합니다!

각설하고, 이 작품을 한마디로 표현하자면 바로 「기사도 이야기」입니다.

기사가 화려하게 활약한 것도 이제는 옛날이야기. 세월의 흐름 속에서 기사의 강함도 이념도 완전히 사라져 버린 세계.

그런 현대에 되살아난 전설 시대의 기사, 주인공 시드! 그 주인공이 「기사란 무엇인가?」를 기사 지망생들에게 묻고, 진정한 기사도를 뒷모습으로 보여 주는— 열혈 왕도 이야기입니다!

그리고 무엇보다 세상을 위해 사람을 위해 성별을 속이고서 훌륭한 왕이 되려고 노력하는 히로인을 묵묵히 지키며 싸우는 기사! 이런 시추에이션이라니, 쓰면서 혼이 뜨겁게 타오르지 않을 수 없잖아요! 우효오오오오!

—크흠. 조금 과하게 흥분했네요.

아무튼 이 작품, 정열을 한껏 담아 썼습니다.

때로는 편집자님과 작품에 관해 뜨겁게 이야기하고, 때로는 편집자님과 험한 욕을 주고받고, 때로는 편집자님과 치고받고 싸우고, 때로는 편집자님에게 퇴짜 맞아 절반 정도 다시 쓰고, 때로는 쓰기 싫어지고, 때로는「에라이! 기사물 집어치워! 역시 해적물을 쓸래요!」하고 말하여 편집자님에게「작작 좀 해!」하고 파워 봄을 당하고, 때로는 편집자님과 마작 하고, 탈탈 털려서 자신감을 상실하고……

되짚어 보면 여러 가지로 뜨거웠던 집필 나날이었습니다. 양(히츠지) 구이가 될 정도로.

이 열이 조금이나마 독자님들에게 전해졌다면 작가로서 더없이 행복한 일입니다.

또한 저는 최근 twitter에 생존 신고 등을 올리고 있습니다. 응원 메시지나 작품 감상 등을 보내 주시면 단순한 히츠지는 크게 기뻐하며 힘낼 겁니다. 유저명은『@Taro_hituji』입니다.

그런고로 아무쪼록 앞으로 여러모로 잘 부탁드립니다!

히츠지 타로

옛 원칙의 마법기사 1

초판 1쇄 발행 2022년 3월 10일

지은이_ Taro Hitsuji
일러스트_ Asagi Tosaka
옮긴이_ 송재희

발행인_ 신현호
편집장_ 김승신
편집진행_ 권세라 · 최혁수 · 김경민 · 최정민
편집디자인_ 양우연
관리 · 영업_ 김민원

펴낸곳_ (주)디앤씨미디어
등록_ 2002년 4월 25일 제20-260호
주소_ 서울시 구로구 디지털로 26길 111 JnK디지털타워 503호
전화_ 02-333-2513(대표)
팩시밀리_ 02-333-2514
이메일_ lnovellove@naver.com
L노벨 공식 카페_ http://cafe.naver.com/lnovel11

FURUKI OKITE NO MAHO KISHI Vol.1
©Taro Hitsuji, Asagi Tosaka 2020
First published in Japan in 2020 by KADOKAWA CORPORATION, Tokyo.
Korean translation rights arranged with KADOKAWA CORPORATION, Tokyo.

ISBN 979-11-278-6373-9 04830
ISBN 979-11-278-6372-2 (세트)

값 7,800원

*이 책의 한국어판 저작권은 KADOKAWA CORPORATION와의
독점 계약으로(주)디앤씨미디어에 있습니다.
저작권법에 의해 한국 내에서 보호를 받는 저작물이므로 무단전재와 복제를 금합니다.

*잘못된 책은 구매처에 문의하십시오.